小村日和

陳雨航——著

東部綿長的海岸線，中央山是中央山，海岸山是海岸山，太平洋是太平洋，它們恆常在那裏，矗立或者拍岸，在我們年幼的時候，時間移動得十分緩慢。

目次

輯三　家庭節日

輯四　物語

輯五　終將遠去的

輯六　私影記

輯一

記憶的村子

在遠山和天光雲影襯托下，
此岸有堤堰，
彼岸有羣樹，
河水波光粼粼……

記憶的村子

九號公路經過的關係，公路局巴士設了招呼站，距離市鎮也沒那麼遠，少年時候居住的村子，其實生活機能還算方便。兩條相互垂直的主要道路交叉口，我們俗稱的店仔口為中心，分布了不少的店鋪。雜貨店、理髮店、腳踏車修理店、小吃店、藥房，冰果店、碾米廠、米店、畚箕木桶店、豬肉店、美髮室等等。剛搬去時還有中老年人才玩的四個球碰來碰去的彈子房，但過不多久就收了，一度有過一家租書店，撐了好幾年。當然還有一兩處談不上是商店，在自家門前擺個小攤賣些零食糖果、氣球玩具甚麼的，或抽或戳，往往成為國家未來主人翁的賭博啟蒙之所。

沒有蔬果店，因為已經有個朝市，就在店仔口離開省道往山下那二、三十公尺的馬路邊，除了農曆新年和颱風來襲，每天都開市，天亮開始，大家把園子裏多出的蔬菜擺出來賣，七點多慢慢就收了。

村子裏還有郵政代辦所，一家晚上才放映的電影院。沒有廟宇，教堂卻有三所之多。有兩所在店仔口附近，其中一所就在公路局汽車招呼站旁，外觀和一般房屋沒兩樣，我們在教堂的廊下候車，順便看看海報，一家市內的電影院專用海報欄就掛在教堂的牆板上。往西邊山下的方向進去約三百公尺，有一處原住民的禮拜堂，這所教堂比較熱鬧，活潑具天分的教徒聖誕節時還會演出宗教劇，以太魯閣語發音。

日治時代，神社就設在這個村子的中央地帶，我們搬去時早已毀壞多時，只殘留水泥基礎和幾座石燈籠。緊鄰那塊猜想過去是神社境內之地已成一座軍營。軍營靠裏面是三合院似的木屋平房，前後種植了些欖仁樹，外面靠馬路這頭是一大塊空地，有圍籬，籬邊是幾棵高大有年的松樹。正面可容大卡車出入，卻不設大門，也無人站崗，我們小孩子直接在空地上玩棒球，還常常穿梭在裏面的木屋平房之間。沒多少軍人，有位年輕的上尉軍官，常坐在他房間的窗前看書寫字，我們隔窗看他，他會笑著招呼我們，或者走出來和我們聊天。然後老兵會來叫他：「台長，吃飯囉。」他會邀我們去吃飯，我們一哄而散，各自回家。台長姓甘，我們叫他甘台長，幾十年後的今天還記得他的名字，卻不清楚台長是甚麼職務，是管無線電的嗎？

生活在村子裏時，因為日常而不覺，如今光只敘述記憶裏的那些店鋪，意外地覺得很豐富，不太能想像那個四周被稻田和蔗田環繞，東西長不到一公里、南北寬不過五百公尺的聚落，會有這麼多的商業活動，與擁有鄉公所和許多機關單位，但住家不多也沒有甚麼店鋪的鄰村景象迥異。

時光改變了民生地貌，記憶也會流動出入，人有生老病死，物有成住壞空，但在每一個起伏的過程裏應該都有豐沛魂思蓄積吧。

村子再往裏走，過了圳溝，路邊是一所學校，那是鄉裏的最高學府了。它原先是市內一所省立女中的分校，後來招了一班男生，學校在這班男生臨畢業時獨立，變成縣立初中，最後隨著九年國教的施行而改制為國中。

學校的校舍不多，泥土操場相對廣闊，不論與蔗田或是馬路接壤，都未設籓籬。許多的假日，我們在操場邊緣的籃球架下投籃，不在乎凹凸不平的土地和雨天飛濺的泥水。我們在粗糙的跑道上學會騎腳踏車，後來也在這裏學會操縱摩托車，然後騎著它離開村子，騎到市內，騎到海邊，從太平洋濱騎到全世界。

小村雜貨店遺事

過去的雜貨店在居民的生活裏扮演著重要的位置。那時候人們說的「開門七件事」，柴米油鹽醬醋茶，如果你不介意煤油和木炭代替柴火的話，雜貨店一般都是齊備的。其他麵粉、粉絲、太白粉、砂糖、老薑、雞鴨蛋等煮食調味不可少的；餅乾、糖果、橄欖、蜜餞、汽水等零食；鐵鎚、鉗子它沒有，但是基本尺寸的鐵絲、鐵釘還有鐵絲網是有的；日常使用頻頻的針線、紐扣、鬆緊帶、髮夾、肥皂、牙刷、牙膏、牙粉、毛巾、棕刷、火柴等等；年節做年糕蘿蔔糕發糕所需的香蕉油、發粉、玻璃紙；拜拜需要的香、紙錢……還有許多想像不到的東西，雜貨店都能供應。如果擁有牌照，菸酒還是雜貨店可觀的營業收入。

在農工市井小民的收入主要都支付在民生用度上的時代，雜貨店還擔負了一些融通的功能。月底或者青黃不接的季節，到日常來往的雜貨店賒帳往往成為應急的措施。

雜貨店還有一項功能，如果地點適當，老闆和氣，人們時常坐下來聊天，那就成了一個我們稱做「店仔頭開講」的不拘形式的小型聚會所，它同時也就成為一個訊息中心。誰家那棟房子想賣啦，誰家的查某子後生尚未嫁娶啦，種種消息可能都是從這裏開始或中繼的。

雜貨店和人們的生活如此密切，也難怪六〇年代我們住的那個村子居然有六家雜貨店。這六家的店面都不小，差別在於它們貨品的種類與數量，可以想見生意較好的都是裏裏外外塞滿東西，且有販售菸酒的店頭。

靠近路口那裏有一家是兼賣豬肉的，厚重的木頭案子就擺在雜貨店前，是村子裏僅有的兩個豬肉攤之一，它的生意不錯，過了中午大概就甚麼都不剩了，完全不妨礙它晚上成為閒坐聊天之處。我父親偶爾會來這裏，主要是這家的老闆是客家人，上門的也多是客家人，語言暢達無礙之故。

豬肉在這家買，但負責跑腿買雜貨的我們卻很少到這家來，因為有一家貨品更齊的雜貨店梗在我們家和豬肉店的中途。這家店距離我們家只約一百公尺，提一瓶醬油、啤酒，或者來了客人買五毛錢茶葉甚麼的，騎腳踏車或走路去都很方便。

這家雜貨店不像豬肉店有較寬的前簷可供擺放藤椅，它的門前只置一張條凳，偶有人坐，卻無話陣。想必是因為四十幾歲的老闆是個相對沉默的人，而且他還要兼做農事，在村子邊緣，我常時看到他在菜園裏澆水或噴灑農藥，傍晚時分也看過他用我們稱為「雙骨仔」的加強版腳踏車載著如山的蔬果到市內去，店裏由老闆娘照顧的時候多，她總是帶著笑容從各個角落找出你要的東西。

這樣沉默勤勞的老闆有一天卻頗讓人意外地帶回來一個年輕的女人。老闆娘以淚洗面了好幾天之後失去蹤影，換了新來的女人坐在店裏充當櫃檯的小桌子後頭。我們去買東西時看過她，是個穿著儀態都很平常的年輕女子，當然沒有原來的老闆娘俐落啦，因為她都不知道甚麼東西放在哪裏啊。這時候指點她的老闆臉色和口氣也不太好，身為顧客的我們都深深感到氣氛的不適。

前後大概也沒有多少天，忽一日，一切又恢復了舊時情況。年輕的女人消失了，老闆娘重又坐在了桌子後頭，只是她過去開朗的笑容枯萎了。

葡萄的故事

少年時代，我們家曾經從小鎮搬遷到鄉村度過很長的一段歲月。

那地方是舊時日本吉野移民村的一個聚落，一戶戶的土地方整，道路平齊。我們頂下了前屋主的一分八釐地，和地上的日式房子、羊舍、雞舍、池塘和菜園，以及一些果樹。

那些果樹包含了蓮霧、釋迦、楊桃、番石榴、柚子、檸檬、芒果和不算水果的麵包樹，除了蓮霧是兩棵，其他都只有一棵，可以想見前屋主甚至更早的屋主種植的目的是自己享用。還有一種通常我們不會稱為樹的葡萄，數量凌駕了上述水果的總和。

我們並未有專用葡萄園，一排葡萄種在池塘邊，水泥柱和粗鐵絲構成的葡萄棚架在半個池塘的上空；另外一排葡萄棚在雞舍的前方讓雞活動的水泥地上，一棚兩用。

葡萄對那時的我們來說是個稀有的存在，我不記得在那之前吃過葡萄，而我們鄰近幾個村子也未嘗看見有葡萄園，以至於我們家那其實算不得葡萄園的園子因之成為特徵。村人稱我們是「有養羊和種葡萄那家」。

先前從圖片和故事書上得到的印象，葡萄是紫色的，我們家的葡萄卻是綠色的。春天枯藤綻芽，新嫩藤葉伸展，慢慢在池塘和雞棚上鋪成整片綠蔭，綠色葡萄串漸長成形，到夏天，飽滿的顆粒軟熟，顏色轉淡，陽光下恍如一顆顆淡綠的寶石。

綠色味美的甜葡萄於是成為我們家夏天幾乎源源不絕的水果。我無法正確地形容它的數量，因為從來沒去試著計算。用另一種方式說吧，我們一家八口吃不完，數量可能還多好幾倍，但它又不足以達到可供應市場稱為經濟作物的產量。

自己吃，父親送他的同事朋友，偶爾清早到店仔頭擠在蔬菜間擺個攤然後大部分又載回來，這大概是前一兩年的情況。後來，便拿來釀酒。那是菸酒專賣的時代，私酒是違法的，雖說自釀自喝未曾買賣應該不會有事，但小心為上，父親告誡我們，不要說葡萄酒，要說葡萄汁。

於是幾斤葡萄幾斤糖，一層葡萄一層糖，母親便帶領我們做起葡萄酒。記得通常是一個中型的甕，另加二、三十個啤酒瓶的規模。做好了便收囤在我和哥哥六個榻榻米房間櫥櫃的下層。晚上睡覺時，我的頭就靠近櫥櫃。隔了一些時光，半夜似乎被甚麼聲音弄醒，靜聽四周未有異狀，旋又睡去，天亮時略有所感，打開櫥櫃，哇，酒香四溢，好幾個瓶子上的軟木塞都爆開了，酒汁噴灑到櫃頂上方的木板然後滴落下來，已有幾處地板顏色斑駁。

等到酒成了，用漏斗和紗布將它過濾到新瓶。剩下的葡萄渣，說是葡萄渣，因為不曾用力壓榨，其實大多是顆顆俱在，還含有酒汁。由於浸泡位置不同，顏色互異，還呈黃綠色的，吃起來就是葡萄酒的味道，多吃些便有點酒意，雖然味道不錯，畢竟能消化掉的不多，最後只有和變褐色的渣都一起倒在果樹下，權充肥料。父親見了說：「這些葡萄渣很營養的，別浪費，拿去餵雞吧。」

那時候，我們家養了七隻火雞，已經滿大隻了，都很捧場，積極地啄食。我們離開雞舍沒多久，忽然弟弟妹妹們叫起來，說那些火雞都死了。跑過去看，果不其然，火雞全倒在地上。

「快，快，趕緊殺來吃。」去年幾十隻來亨雞死於雞瘟的餘悸猶存，大人們便即刻下令。我和哥哥先拉了一隻到廚房後面割喉、滴血，大妹生火燒水準備燙毛。火雞體形大，又花了些時間等水燒開，一隻都還未處理完呢，卻聽到前頭喊起：「火雞又活過來了。」

可不是，雞舍裏，一隻隻火雞悠悠地站起來，彷彿大夢方醒。

我說過兩三回這個故事，說完時，朋友的反應都是：「那第一隻火雞太倒楣了啦。」第一次我有點驚訝朋友們關心的焦點，但很快就釋然了。我沒傳達到腦海裏因為荒謬、好笑，全家完全放鬆開懷的場景，那是我們家罕見的時刻。

鄰村寺院

我們鄉村家園的門前，是這個昔日移民村的主要道路，往東兩、三百公尺就到了村子的店仔口，九號公路從市鎮那端迎面而來，轉個直角，往南而去。

循公路行不到一公里，又進入一個村子，那是我們鄉的行政中心。鄉公所、衛生所、農會、水廠、警察派出所、國民小學、農業改良場、國民黨民眾服務站等等都在這裏。住戶不多，大致是國小和農業改良場的宿舍。說是鄰村，其實生活上密切。辦身分證、戶籍謄本，小弟小妹就近上了這裏的國小，我們常有機會到這裏，更別說這裏有方圓幾里內唯一的乒乓球桌和最好的籃球場。所謂最好的籃球場是因為鋪了水泥，即使經年籃網闕如。

我騎自行車穿過鄰村主要道路兩旁巷弄，甚至穿出到外圍的田間小徑，百無聊賴乘騎，繞路回家的日子恍如昨日，不期匆匆四十年流逝。

幾年前，住在市鎮的小學同學建勇在幾十年來第一回的同學會後，開車載我四處繞行。前此幾年，我曾經回到舊地短暫工作，常把車開來，方便工作之餘尋幽訪勝。建勇問我去過何處，然後笑說，還有許多你沒去過的地方咧，便帶我到了慶修院。我很驚訝那居然位於我理應熟悉的昔日鄰村。

二次大戰後改稱慶修院的前身是「真言宗吉野布教所」，近百年前日治時期在東部設置吉野移民村時建立的。移民多有從日本四國德島縣渡海而來，橫貫德島縣的吉野川是移民村名的來源，布教所就是信仰的一個中心。布教所供奉弘法大師空海，因而有與空海具淵源的「四國八十八箇所（寺院）」的石佛。

少年時代偶經慶修院的門前時，大門未開，不見人影，內部灰色的屋宇，給人素樸清幽之感，以為是所尼庵。為什麼會以為是尼庵，大概是從武俠小說裏得來的印象罷。

幾十年來鄰村改變很大，鄉公所、農會等單位有了巍峨的大樓，民眾服務站不見了，周圍良田變住宅，原本隱身深巷的慶修院整修成了文化古蹟，開放參觀，遊客絡繹不絕。除了屋頂依稀舊時面貌，其餘庭院與新築，當然都不能與記憶相連了。

建勇引領參觀慶修院後隔年，我招呼來自日本的K君夫婦遊東海岸，當在路上得知K君出身四國香川時，我小小改變了行程，繞過去慶修院一趟。K君對那裏有熟悉之感，他指著「四國八十八箇所」的分布圖說，我的家鄉，觀音寺市。

K君還年輕，不知是否知曉故鄉那帶人們早年來此移墾又於戰敗後歸去的歷史？也不知是否知曉那些在此出生的「灣生」近年來回台「尋根」並申領出生證明的故事？在接下來的行程裏，我們並未就此話題交談。

近日翻看日本作家／攝影家椎名誠的攝影雜文集《風まかせ寫真館》時，看到一張跨頁的黑白照片，幾個人站在青草蔓生的河岸釣魚，在遠山和天光雲影襯托下，此岸有堤堰，彼岸有羣樹，河水波光粼粼……

那是四國德島縣吉野川的河口，椎名誠旅行的一個頓點。

有竹叢麵店和茅草營房的村莊

村子口往東的市鎮與我們的生活息息相關，那裏有我們就讀的學校，有戲院，有書店，有同學朋友……往南的公路則會穿過幾個公路局客車站牌上註明的幾個村落，聽說那幾個村落都不大也不熱鬧。後來那些年有兩三回經過那兒，那是往更南的風景名勝鯉魚潭時搭公路局客車路過的，沒機會下車，從車窗望出去的景色灰撲撲的，因未知而讓人暗中湧動的神祕誘惑就淡了。

誘惑再起是更後來那裏出現了一間麵店，名聲很快就傳了開來。據說那是一家外省和原住民合婚的家庭開的，麵具彈性，招牌的湯麵上鋪一層炒出來的竹筍肉絲。還賣小菜，滷花生、豆干……之外，有當時少見的滷牛肉。聽說那裏是長途卡車司機的最愛，運貨途中，把卡車停在路旁，吃麵加一些好料的，說不定再喝上一杯。

說是沒甚麼機會，但有一天也就去成了。一起打球的友伴提起來，剛好我身上有夠付一碗麵的錢，三個人便騎了單車去了。其實不是多麼遠的路，五、六公里模樣，穿過兩個村莊，來到第三個村莊的一叢高大竹林下便是。終於吃了傳說中的麵，果然好吃。話說回來，那時我和友伴們已長成接近大人的形體，正是脾胃大開之際，樣樣東西都嘛好吃。

被我們稱為「竹仔腳」的這家麵店，生意太興隆了，比鄰開始產生了競爭者，但顧客總傾向於原始的那家。後來聽聞因著競爭的嫌隙，不知哪一家捅了哪一家人的屁股。

這村子滿大的，有農場、畜牧場、學校，還有鐵路車站。也就在我生活於那裏的時期，整個東部地區來了一個野戰師，便有一部分軍人駐紮在村子裏。

不知是怎樣接上線的，有一天我們五個同伴便又騎車來到這個村莊，到軍營裏打球。這營房是新建的，看得出都是出於士兵之手，石砌的擋土牆和階梯，粗礪的磚房安著茅草屋頂。樣樣克難的營區設施中，居然有一座鋪了水泥漆了白線的籃球場。

連友誼賽都算不上，三位四十幾歲的老士官，補上兩位充員兵，就和我們五個少年打起來，連裁判都不需要。炎熱的夏天傍晚，打得我們滿身是汗，我們是還有體力繼續打啦，但是屋子裏出來一位士兵喊說開飯了。

原來球場旁那間有著茅草屋頂的大磚房就是餐廳，老士官把我們讓了進去，矮桌上擺了好幾個鋁盤，滿滿的都是菜肴。應該是尚未到部隊的開飯時間，只先招待少年客人，我們便在盛情之下，打赤膊，揮汗用餐。

幾十年後，再度來到這村子時，已經忘了通往營房的岔路，也未特意尋找，公路旁的「竹仔腳」麵店倒是一眼就確定了。與同行的朋友七、八人進去，點了一桌小菜，當然也沒忘了昔時美好的招牌肉絲麵。唉，不能說味道不好，只是要如何面對已經江湖走老的胃口呢？

時光讓萬物沉浮。那裏還是有幾家麵店，只是生意感覺不再像過去那般興隆，因為通往南方的這條公路幹道，已在東邊另闢一條公路直線貫通，原本的這條路變成支線，相對寂寥了。

門前小店本末

我們鄉村家園隔一條馬路的前邊，整個一大區巷陌屋舍，是原住民保留區，或許是經濟上的消長，日久天長之後，有了些變化，靠馬路有幾戶易了主，雖然還是鐵皮屋頂的木屋，卻是住了平地漢人。這都是我們搬遷到那裏之前大致已經底定之事，我們居住那裏的十五年之間只發生一次變動。

有一天，家園對面那家原住民鄰居堆積柴火工具雜物的傾頹茅屋突然拆毀了，隨即便興起土木。是木頭板壁、油毛氈屋頂的簡單屋舍，不幾天便完成了。有一天放學回來，一家小雜貨店就開在了我們家大門正對面。

正面是一個約一公尺高的大窗檯，擺了一排開口在後的玻璃罐子，是各式常見的餅乾、糖果、蜜餞等吃食，從右端的門進去，可以看得更清楚左壁和後壁那兩排幾乎齊頂的貨架上的東西，一個普通書桌權充櫃檯，桌上放台稱秤，地上還有幾個鐵皮桶、陶甕，裝油、糖之類。左壁貨架後面隔個小房間，老闆住在那裏。店不大，貨色不如店仔頭一帶原本那幾家的齊全，但也算可以了。

因為很近，那陣子只要是它有的東西，便都到那裏買。老闆是位退伍軍人，瘦高個子，沒甚麼表情，不多說話，常時看到他坐在桌子後面戴著老花眼鏡一面撥著算盤一面記著簿本，間或看信寫信。我幾回買東西時看到他桌上的信封，知道他姓曾。

這家雜貨店的生意似乎冷清，也難怪，村子裏已經有六家雜貨店了，最近的兩家，順著門前的馬路，一家在它東邊一百多公尺，一家就在它西邊六、七十公尺，且都經營多年了。我不知道老闆打甚麼算盤，但在鄉村裏，除了賣這些生活上最直接的瑣碎東西，其他東西恐怕更困難罷？也或許他只期望生活過得去就行？

一年或一年多吧，小店都規律地開著，夏天陽光強烈的早晨，老闆也會出來，撐起遮陽篷，在門前馬路上潑潑水。一個星期六或星期天的下午，我正要去買個甚麼，小店卻罕見地關了。對面原住民鄰居的少年看著發愣的我嘻皮笑臉地說：「他們給他介紹女人啦，」然後做了個手勢：「現在正在喝酒。」我走到店門前，果然聽到一些喧譁，聞到一些酒味。

這插曲之後，沒有甚麼下文，店照開，老闆也還是單身一人。但過了幾個月罷，店又關了，聽說是老闆在店裏頭倒了下去。

幾個星期後，小店才再開張，這回的老闆是個方面紅耳的大塊頭，年輕一點，姓常，也是個退伍軍人，他與前此的店老闆很不相同，喜歡講話，在店裏待不住，經常走到店外張望。我下課回來，他常站在那兒和我打招呼，說幾句話。從他口裏，我才知悉他是曾營長的朋友，曾營長死了，換他接這爿小店。我讀中學了，看過一些小說、雜書，玩過陸軍棋，軍師旅團營連排班，約略知道營長的位置。「那你也是營長嗎？」

「不，我只是個上尉。」

冷清的鄉村小店，生活真的是寂寥啊。我看到常老闆先是隔個幾天在傍晚便關上店門，騎自行車往市內的方向而去，接下來也有整天不開門的時候，三日打魚五日曬網，不出半年，這家小雜貨店就永久結束營業了。

門前小店本末

鄉村的夜晚

電視尚未到臨的時代，我們村子的夜晚是相當沉寂的。由於大部分的人家務農，服膺早睡早起的傳統且實際的作息時間，少部分人家到市鎮上班或做工的也差不離，大概晚飯後乘個涼，收拾收拾，就該準備睡覺了，因為第二天又得起早呢。

天黑以後，只有路上隔了好一段距離才有的電線桿上的燈泡照著有限範圍，家戶的低度照明則從門窗的玻璃透出些許光暈，滲漏在樹蔭簷下。特別是冬天，經常，我從房裏往外望去，除了門前馬路前頭一盞路燈，其他方位是一片黑暗，直覺夜已深了，看一下鐘，真不敢相信還不到九點。

周圍是這樣黑暗，全無光害，偶爾便有新鮮事可圖。晴朗的夜晚繁星點點，早已司空見慣，流星百年難遇，但那些年常有機會在繁星中尋找人造衛星。通常，父親從報紙上讀到晚上幾點幾分，人造衛星從哪個方向掠過等訊息，晚上他在禾埕乘涼，時候到了便叫（理論上應該）在做功課的我們出來仰望星空，然後會有人率先發現，但要指點到所有的人都看見，還得花上好一會功夫，因為在羣星中要找到那緩慢移動的一顆著實不太容易。

寂靜，聲音便特別突出。我的房間最靠馬路，隔著一方小池塘，圍籬外面時有夜歸人騎車經過，騎車人交談的聲音無礙傳送，十分清晰。

母親三點鐘要起來擠羊乳，裝瓶高溫蒸熱後，由我們家雇請的長工配送到市鎮去，哥哥和我則必須在五點一刻前出門配送附近幾個村子的訂戶，才來得及回來吃早飯和趕七點十分前的公路局客運班車上學。早上不須幫忙的弟妹們六點多也得起床，我們家因而在晚上九點左右便都就寢了。羊乳副業全年無休，大年初一也不例外，所以我們家是不守歲的，除夕或許是拿了壓歲錢，心裏興奮一點，但家裏沒有任何節目，也是早早就鋪被就寢，特別的印象恐怕只有半夜十二點被鞭炮驚醒，隨又睡去，有時鞭炮聲太遠，根本就毫無所覺便在夢裏除舊布新了。

說鄉村的夜晚安靜無事也不盡然。母羊分娩常在晚上，特別在冬天的夜晚。怕牠有狀況，一發現即將臨盆的徵兆，我們便得守在羊舍見機行事。多半時候是父母親和長工在料理，我和哥哥偶或加入幫忙。有幾個冬夜，母羊生產不順，多胎裏有個死胎，我和哥哥臨睡前被叫去處理。我們一個人抬著死去的羊羔，一個人扛著圓鍬，走到果園深處與鄰家交界的籬笆邊，開始挖洞掩埋。哥哥挖土，我用手電筒照明。一束光外是漆黑的林葉雜草，加上鄰家高大的竹叢隨風搖曳，發出沙沙聲響，心裏七上八下，寧願挖土的是我，吃力勝過胡思亂想的恐懼。

鄉村的夜晚在沉寂中也有其他或許有點意思的活動，當然，那不在我們家，而我還有得等。在那些歲月到來之前，我自有一些祕密活動因應。當大家就寢後，拉上紙門，一燈如豆，人間的喜怒哀樂，世俗的男歡女愛，江湖的恩怨情仇，盡在我手中的紙上乾坤。

多年以後，我看到一部電影片名叫做「我的夜晚比你的白天更美」時，忍俊不住哈哈大笑起來。

村街夜景

在百無聊賴的鄉村夜晚，似乎只有村子的店仔口那帶有些生氣，有些誘惑。我總是把握著每一次到那裏去的機會，於是晚上家裏缺了第二天早上煮湯的味噌，或者鹽巴、醬菜甚麼的，我都勤快地攬下差事。

其實店仔口那帶風景有限，不過就是燈光亮些，還有些商業活動，有人走動，有人在商店廊下的條凳上聊天、下棋，也或者用象棋子玩起三國賭點小錢……即使僅只是這樣的光景，騎著腳踏車轉那麼一趟，也是聊勝於無。

有一位低我一個年級的朋友，住在店仔口，哥哥和姊姊都做事了，家裏常有小說和雜誌，我會在門前梭巡看朋友在不在店內，有時湊巧，可以借本書回去。

有時候會遇見比較有趣的事，譬如說劈甘蔗。那常常是一支比人高的黑甘蔗，兩個人輪流用連把手約一尺長的甘蔗刀，先用刀背抵住頂端，然後突然翻手，趁甘蔗還未傾倒的瞬間，用力劈下。能一劈到底的或許有，但我從未見過，一般是刀從力盡之處削出，那一點以上剖開的一段就屬於他，換另一人劈剩餘的那段。最終劈到底的獲勝，輸家付甘蔗錢。鄉下沒有固定的水果攤子，通常都是小店批來一綑甘蔗，就綁在廊柱或倚在門前樹下販賣。

有一回看到有人提著一管鳥槍，另外一個人拿一座蓄電池，幾個孩子跟著，我也跟上去，看他們打鳥。來到一棵枝葉繁茂的大樹下，一個人開燈照射，一個人開槍打樹上呆滯的鳥雀。其實，從家鄉來東部工作住在我們家的五舅也有一管鳥槍，那種鳥槍用的是比米粒大一點的鉛彈，發射時「喀」一聲，沒有槍響。五舅常常晚上和他住在附近的朋友一起去打鳥，我們沒機會跟，只有紅燒雀鳥可食。

比較熱鬧的場合是遇到走江湖賣藥的。他們通常在傍晚時分到臨，在距店仔口中心最近的某家三合院空場上，堆好藥品，擺起鑼鼓、支架，牽來電線接上燈泡、麥克風。先吆喝吆喝放點音樂熱場，大約晚飯後不久就開始了露天表演，有時候演齣歌仔戲，有時候說幾回三國、水滸或者其他的演義，有時候則是一些雜耍和魔術。

歌仔戲和雜耍魔術還好，蹲下來看個十分一刻鐘告個段落，起身離開，回家覆命，被念幾句還可以胡扯抵擋一下。說書就讓人難以自拔了，有一次說起了廖添丁，故事精采，說到懸疑處，說書人停下來推銷藥品，雖然胃口吊在那兒，但這應該是我離開的時候，那天卻強烈地想追逐下文。再聽一段就好，我對自己說。於是一段接著一段，先時還會在心中掙扎忐忑，兩三段過後，心一橫，反正要受罰了，就聽到最後吧。

那次說書散場時應該已經過了九點半，小小的人潮散去，空場的燈火一收，夜便深了。看著收拾道具、藥品的說書三人組，真想上前央求說，讓我跟你們一道走江湖去吧。終究還是得面對現實，我默默地站起身子，牽著腳踏車慢慢地走回家去。

深夜戲院

村子裏的那一家戲院到底是怎麼出現的，我一無所知。我們搬遷到那裏時是一點影子都沒有的，發現它的存在時已是幾年之後。戲院座落在店仔口那段公路的尾端，在我平常作息必經之地以外。必定是在學期中興建的，也沒聽誰談起，等我放了寒暑假騎車四處亂跑時，就看到它已經在那兒了。

不如市鎮裏的五家水泥建築的戲院門面氣派，村子裏這家戲院是木材建造，座位也是長排木椅，內外都顯得十分樸素，甚或是有些簡陋了，但空間倒還是夠大的。不起眼的建築，可它是我們這個鄉十幾個村裏唯一的戲院。

戲院日常放映舊片，國、台、洋、日片不拘。那期間相當於我整個高中時期和之後的兩年，看電影的機會不算多，少數的電影都是在市鎮內看的。為什麼不光顧村子裏的戲院？它的票價還只有市鎮戲院的一半，五塊或六塊錢，為甚麼？沒別的，不比市鎮裏有足夠的電影人口，附近幾個村子的人也還有騎二十分鐘自行車到市鎮去看電影的選擇，所以這家戲院一天只演兩場，都在晚上，而我們家的活動一般都在白天，少有例外，顯然配合不上。我第一次進村子裏這家戲院是高中三年級，鄉公所借它做場地，全鄉同年次的役男集合在那兒實施軍種抽籤。

與這家戲院結緣是在高中畢業後的浪人時光。只要不下雨，我傍晚騎車去鄰村運動打球時，會在戲院前停下來看一下它晚上演甚麼片子。從看得懂報紙的時候起，我就養成了看電影廣告的習慣，所以約略知道哪部片子大約是甚麼背景，補足了一點戲院常常只有手寫海報上面貧乏的訊息。但大部分時候，我其實是不作選擇的，只要身上有一張電影票錢，只要能出門，我便設法到戲院報到。

那是電視尚未來到鄉村的最後歲月，多半的人們很早便休息了。五分鐘前還在家裏，熄燈五分鐘後便走在了路上，我只能趕九點那場，有時還會錯過前面的幾分鐘。

那是我浪人時代祕密的快樂時光。無論那些電影的內容多麼荒誕多麼誇張，無論眼淚與哭喊是多麼莫名地從頭貫穿到結束，無論那些刀劍是多麼神奇幻怪甚至從肚腹拉出十幾尺怎麼看怎麼假的腸子，最終都沉澱在最後排那位聚精會神的小青年的記憶裏。何況還真的會遇到難得的好電影，我在那裏看到小林正樹的《切腹》，希區考克的《火車上的陌生人》……

一天晚上，開演不到半小時，當我正沉浸在劇情中時，突然影片中斷，銀幕大亮，我以為斷片了，這種事以前也遇到過，稍事等待即可。然而接下來銀幕暗了，戲院裏的燈卻亮起來，我看到收票的老伯走向我。「歹勢，今日不再放了，」他說，把門票錢還給我：「另日再來看。」

環顧四周，當下就明白了。戲院不清場，前場較晚進來的觀眾，補看了後場未看的部分後離去，只剩下九點進場的我一個人，放映到底還要一個鐘頭，成本太凶了。

那天是這現象的開頭，之後，中斷頗為頻繁，常常在只剩三、五個人時就停映，特別是冬天，大家都及早進夢鄉，更沒人看九點的「深夜電影」了。當我快快地走出戲院時，店仔口那帶已是一片蕭索，只剩幾家店面保留一扇門板未上，等待遲歸的家人。

電視尚未席捲而來，村子裏的戲院就已這般慘澹，前景也就不難預期了。在我離家讀書後第一還是第二個長假回來，它已經結束了營業。

輯二

吃食種種

習慣多年的芒果味覺，
或許離開後也有可能成為鄉愁。

便當

一直到高中畢業，我和大部分的同學相同，午餐都是吃從家裏帶來的便當。到學校福利社或校外小吃店外食的人雖然也有，但很少，即使有機會外食的同學，終究還是吃便當的時候多。例外是有的，如果你住在學校附近，自然無須帶便當，直接回家吃午飯便了。

大家帶便當，估計主要是經濟因素，一碗對成長中的孩子顯然營養不太夠的陽春麵要兩塊錢，假設一家五個小孩同時在校，那得用到十塊錢，公務員家長一天的收入不過四十塊上下，還是費心準備便當吧，家庭經濟和營養兼顧。「外食」作為一個專有名詞，我還要好多年以後才聽到呢。

便當要帶甚麼菜，常常讓家庭主婦大傷腦筋，只是考慮的因素因時代與環境而異。印象裏我最常帶的便當菜是蛋和蘿蔔乾，這兩樣也常在同學的便當裏出現，想來是符合當時的較佳選擇罷。蛋擔負了營養的重責大任，它不算貴，但其實不若現在便宜。我們能夠常吃蛋是因為自己養雞，家裏曾經養過幾年的來亨雞，最先雞蛋的主要去向是到飼料行換雞飼料，那陣子飼料太貴了，辛勞養雞最終是白費功夫，等於替飼料行養雞生蛋，父親便說，盡量自己吃吧，起碼增長營養有益健康。於是早餐用生雞蛋打進飯裏加點醬油攪拌吃，中午的便當也是雞蛋。荷包蛋是好吃，但味道太淡了，不耐配飯，加上蘿蔔乾會比較鹹好下口，菜脯蛋於是成為最常見的便當料理。後來我們買來鴨蛋自己醃鹹鴨蛋，主要也是著眼於便當菜。帶鹹鴨蛋時是一次半顆，大家都喜歡蛋黃，可是蛋黃往往不在蛋的正中央，兄弟姊妹們裝便當時望著母親切開的一盤剖面蛋，躊躇再三，那些一般大的蛋黃剖面，後頭可能是大到四分之三或更多的蛋黃，也可能只剩一小片，全憑運氣了。

鹹魚三不五時也會在我們家的便當菜裏插一腳。鹹魚鹹，得多配飯，父親曾說過家鄉有句諺語：「配豬肉買田，配鹹鰱魚賣田。」我私下會嘀咕，給我豬肉算了，比鹹魚好吃得多，但我不相信可以買田，天天吃豬肉，大概也還是會吃垮罷。

我帶過一些特別的便當菜，其中一道是牛蒡。那時候很少人吃牛蒡，菜市場難以看到，我們家的牛蒡是自己種的。母親慣常的料理方式是用刨刀刨薄，加糖和一點點辣椒去炒，頗為美味。同學問我那是甚麼，我當時不知怎麼寫，只能轉述母親對此的發音，無人能懂，最後我轉個彎以「樹根」名之。

另有一次是帶了讓同學吃驚的便當菜。我們家最後養的那批來亨雞，可能是得了雞瘟，幾十隻一夕間紛紛倒下，於是趕快殺了，煮熟了風乾。接下來便開始了每日半隻雞便當的生活。在肉食不易的年代，幾乎塞滿整個鋁盒的半隻雞內容，堪稱是豪華便當了。可惜那時未識當今炸雞排的本事，連吃一星期風乾的生蛋雞，說實話，並不美味。

便當不到中午便冷了，於是學校提供了蒸便當的服務。熱食固然好，但菜餚經這一蒸，多半風味盡失。正是脾胃大開的年齡，又好運動，通常也還是吃個精光。只是總也有胃口不佳的時候，沒吃完的便當怎麼辦？回家第一件事，避開母親的視線，趕快倒到廚房外邊狗狗專用的大瓷碗裏。那時代不流行「愛心便當」這個字眼，否則這不是把媽媽的愛心給餵了狗嗎？罪過罪過。

話說回來，狗也是家裏的一個成員啊，吃不完的便當給狗吃誰曰不宜。我這是自說自話，那個時代做母親的可不會接受這種說法。

四月的早晨遇見100%的麵疙瘩

昔時，我們家很少吃麵。有過母親揉麵，我們幫忙擀麵、切條、下鍋的經歷，但次數不多。自製的麵美味的原因除了麵條咬起來有勁，豬骨熬的湯頭和竹筍肉絲配料稍微講究之外，還有那打破恆常不變的食桌風景的新鮮感。大家都吃得很歡喜，母親卻覺得太費功夫了，家裏還有許多畜牧副業待做呢。一年難得吃上幾次的自製麵食，因為珍稀而有小小節慶的氣息。

其實也有米飯不夠，臨時下麵應急的時候，這當兒從雜貨店買回來的麵條只能說是米飯的代用品，談不上美味。長約半尺，切得整整齊齊用紙束著的這種乾燥麵條，我們家稱之為「soba」，發音與客家話的「掃把」相同。我一直以為它短短的一束束的包裝像掃把所以名之，直到數十年後學習日文，也到過日本旅行，才知道那個發音指的是「蕎麥」。麵條為什麼要叫蕎麥麵？我懷疑父親用他熟悉的物品名稱來稱呼生活裏的新東西。那又為什麼不叫「拉麵」？會不會是父親喜歡蕎麥麵甚於拉麵？這問題已經不會有答案了。

我鮮少的外食經驗大多集中在高中最後那年。我和同學會走半公里左右的路程到省道旁的一家小吃店，吃一碗麵片。我們看著店老闆快速地擀麵，切成一塊塊的下鍋，冒著熱氣的麵湯和嚼來勁道十足的麵片，總讓我們額頸帶汗，再生元氣，心滿意足地晃回學校。

是這家麵店還是住在附近的呢，我們在店裏看過一兩回瘦高的女孩，才讀初中就比我們都高了，據說被台北的籃球隊網羅了去，但我後來沒在電視的球賽轉播裏看到她，未能發光發熱，或者走到別的道路上去了罷，人生常是那樣。

再光顧這家沒有招牌的麵店是四十年之後。回到舊日的小城鎮，無意間聽朋友說有這麼一間麵店，直覺想到會不會就是它？因為我從未在其他任何地方遇見麵片。果然不錯，就在過去熟悉的地方，只是地點好像從路口的右手邊搬到了左手邊，也有了招牌，聽說是第二代在經營了。我點的麵片吃起來還不錯，但顯然已是機器製麵，麵片看起來像是切成小段的寬麵條，咬口似乎也從記憶裏疲軟了。因為有青春往事加持，我還是吃得很高興。

到台北求學後，比較常吃到刀削麵，除了咬口之外，還有看頭。有一回在一家店裏看到老闆左手拿著大麵團，右手一把鐵片，咻咻咻，放飛刀似的，只見削下來的短短不規則麵條隔空飛落在滾水的大鍋裏，那樣的功夫已經接近特技表演了。

麵片、刀削麵之外，還有嚼勁一族的麵疙瘩要說。第一回遇見麵疙瘩是服兵役的時候。隨部隊參加為時一周的演習，某日在竹北的一個空場邊緣駐紮，五點多吃了晚飯，九點不到就找了廢木板的角落、卡車底下，紛紛睡去了。

四月還是春寒料峭的氣候，夜裏又下了點雨，天亮時寒意仍在身上，肚子卻咕嚕起來。這時有人來通知，要我們到空場另一頭領取早餐。拿著鋼杯，穿過露水漫漶的草地，等待我們的是兩大桶冒著白煙的麵疙瘩。灰白混濁的熱湯汁裏只有一些菜葉、一丁點蔥末，再來就是紮實粗獷的麵疙瘩了。我們手捂著鋼杯，站立著讓一顆顆麵疙瘩暖進我們的胃裏。

我後來的許多年也吃過幾回麵疙瘩，雖然配料不錯，牛肉、半筋半肉或者炸醬等等所在多有，但都比不上當年竹北早晨那樣陽春的麵疙瘩。

芒果的滋味

說到芒果，你的腦海裏會浮現怎樣的圖像？如果是碗大的、紅黃色外皮的「愛文」，或是更大的黃色「金煌」，那表示你是年輕的一代。有了些年紀的我輩，說到芒果，通常還會想起、或者第一時間的印象就是「土芒果」（土檨仔）。

土芒果外皮綠，個頭小，可是樹形卻很高大。我初遇它是在一個小學校的校園，幾個高年級的大孩子們以小石子作矢，用彈弓擊射高掛在樹梢的橢圓綠果子。打下了幾顆，以小刀削片分食，跟著觀望的我也派到了一片。味道雖然酸澀，但也聊勝於無地吃了，那是貧乏的時代啊，路上三兩成羣的小孩，都在尋找能放進嘴裏的零食。

不期幾年後竟搬遷到有著許多果樹的鄉村家園，屋後一株多年的芒果樹解了我們的嘴饞。有一次，家裏臨後院的玻璃窗在我們未知的狀況下破碎了一塊，我腦海裏立即浮現了過去在小學校裏彈射芒果的景象，籬笆外的小孩也許做著同樣的事吧。

除了黃熟果肉特有的食感之外，將未熟的土芒果削條糖漬成「檨仔青」也是一種美味，它往往在芒果成熟之前搶先上市，帶甜且酸的讓人猛嚥口水。還有人說它是「初戀的滋味」呢。

土芒果的「土」應該是相對的，據說是荷蘭人傳來，一直到一九五〇年代才開始引進愛文等品種，現在歷經多年配種，芒果的品種琳琅滿目，核小果肉多，纖維少，顏色秀麗，已成台灣芒果的大宗，近年盛行的芒果冰，放的也是這些新品種芒果。

雖然新種芒果當道，但土芒果還是存在的，十幾年前罷，流行過一陣喜宴的甜點是端上一盤檨仔青的芒果冰，還有個好聽的名字「情人果」。這幾年似乎沒那樣盛行了，但偶爾還會在餐宴上遇到。

水果攤上比較少見土芒果的今天，有機會看到了，懷念的味道與心情會促使我輩購買。在家裏，把洗好的土芒果放在水槽邊，拿一把小刀，就著水槽，邊削邊吃，乾淨俐落，記憶所帶來的氣氛罷，我以為這是吃土芒果的王道。

土芒果帶來昔時的味覺與記憶，但也沒讓我排斥新種芒果。夏天是眾家水果的季節，芒果總是其中不缺席的一員。一位服役時的朋友，在多年後重逢，這兩年，他從故鄉小琉球寄贈的愛文芒果，是以馬尾藻當肥料育成的，有著令人驚豔的甜美滋味。

習慣多年的芒果味覺，或許離開後也有可能成為鄉愁。

日本社會黨前黨魁石橋政嗣是「灣生」，出生於宜蘭礁溪，畢業於台北一中（現建國中學）和台北經濟專門學校（現台大法學院）。擔任國會議員三十五年的石橋，因為政治上的原因，一九九〇年退休之後才再次訪問台灣，睽違成長之地已達四十六年之久。

在回憶錄《「五五年體制」內側的證言》裏，石橋提到他這回的「台灣故里行」中，曾指名想再嚐年少時最喜歡且常吃的芒果，結果送來的芒果是中南美種的，完全沒有（他記憶裏）那種酸甜的味道。問了譯員，回答是：現在都是改良種的，原種的都看不到了。石橋的反應是：這哪是改良，是「改惡」啦。

我的感想是，石橋政嗣的情報不足，真想吃土芒果其實還是吃得到的。另外一點是，世事多變，政治會轉，家鄉會改，芒果也會改變它的滋味。

木瓜

小學生時代，有一次班級要在教室後面的牆上製作壁報。小學生的壁報無非是貼上幾張毛筆字習作和幾張圖畫，再加上一點皺紋彩色紙條做的邊飾，類此這般的美勞作品。美術和勞作從不出色的我，卻被級任導師派定畫一張圖。我想老師恐怕糊塗了，雖然她不教美術勞作，但擔任我們導師已經是第二年了，總該知道我們每個人的斤兩才對。我想提出異議，但面對這位有點年紀、脾氣極壞的老師，終究沒敢開口。

畫甚麼好呢？這吃力的特殊任務困擾著我，連著幾天都梗在心裏。星期天下午，不能再逃避了，決定畫池塘邊籬笆外鄰家的那棵木瓜樹。那棵木瓜，樹形高大，枝葉仲展也很漂亮，更重要的，比起我們家園子裏的眾多果樹，木瓜樹的線條要清晰俐落得多，比較好著手。一整個下午，我跪坐起居室的窗台前，仔細觀察，慢慢地打底描繪，終於在天黑前完成了作業，從未這樣認真畫過圖，自己覺得還可以。

星期一早上，老師坐在講桌後面，翹著腿一面還抽著菸，心情似乎不錯，她要我們十幾個被指定壁報作業的同學把作品拿給她看。我們排著行列，魚貫而行，前面幾個作品，她慢慢看了之後，默默放在講桌上。接著輪到我，才看不到兩眼，只聽到老師說了聲「這甚麼東西」，然後把畫往旁邊一丟，我從未花過那麼多功夫完成的那張畫就以之字形軌跡最後還翻了個身飄落在灑過水尚未乾透的水泥地上。

我沒有意思要控訴一個粗暴的老師毀了一個未來可能的畫家。在那之前，我從未展現出任何藝術之芽的徵兆，那之後也完全沒有。這張畫純粹是個意外，一場誤會。

我們還是來談木瓜。

家裏偶爾會有木瓜樹長出來，那是木瓜籽隨手丟在園子裏的結果。沒特別照料，果實都長得營養不良的樣子。很少的幾次，大人從市場買回來，我也不太感興趣。木瓜和香蕉有點像，生了不好吃，太熟爛了顯得可怕，要抓住那之間咬口和滋味皆宜的時刻。

但木瓜蜜餞可特別美味。

東部小鎮沒有木瓜蜜餞，它們是外婆和其他親友到訪時帶來的「等路」。從當時高雄縣的故鄉到後山，他們都是搭客運巴士到屏東接公路局客車走南迴公路繞過來。木瓜蜜餞就是在屏東轉車時買的。

一個長方形紙盒，盒蓋中間鏤空貼著的玻璃紙上印著簡單的花樣，寫著「屏東名產木瓜蜜餞」，裏頭是尚保持著形狀的半顆木瓜。木瓜已經用機器切為薄片，然後糖漬而成。木瓜蜜餞分乾濕兩種，就像我後來知道的宜蘭名產桔子蜜餞一樣。木瓜蜜餞有多好吃？乾的好吃還是濕的好吃？只能說好吃好吃都好吃。唉，對螞蟻國的子民而言，甜就是王道啦。

幾十年過去，吃過的東西一多，許多過去的美味也淡忘了。有一天突然想起來，好像好多年沒見到木瓜蜜餞了，它還在嗎？去過多次屏東，常看到木瓜園，現在種植的都是矮種木瓜，網室栽培，很少見到那種院子裏隨意生長的高腳木瓜樹。果樹在，但蜜餞呢？

大嫂是屏東人，前幾個月我跟著兄嫂一起到南部一趟，在屏東和她的弟妹吃飯，席間又想起木瓜蜜餞，在地人面對面，機不可失，當即叩問。他們也被勾起懷舊之情，卻說因為人們吃食選擇增多，木瓜蜜餞早就消褪，市面上已經見不到了，只剩一種細細的木瓜籤，我們吃銼冰時還可以見到。

雖然「力作」被老師丟了，但作為模特兒的那棵木瓜樹仍然烙印在我心中，畢竟我幾乎與它對望了一下午啊。後來我在李志薔導演為公視拍的《秋宜的婚事》也看見了難忘的木瓜樹。作為家族繁衍的象徵，那棵木瓜樹數度以空鏡展示，日間或夜晚，臨風或靜止，枝葉婆娑、亭亭玉立的木瓜樹，略顯孤寂，卻又帶著成長的力量。

年糕

過年吃年糕是昔時必備節目吧，十歲左右，我便參與了製作年糕的過程。

那還是人工磨漿的時代，母親把糯米放在水桶裏浸泡過後，由哥哥和我抬去距離我們家不到一百公尺的一戶人家磨成漿。即使是鄉村地區，大部分人家還是沒有石磨，所以我們得按先來後到輪流使用。我不知道為甚麼那戶人家有石磨，是因為養豬嗎？因為過去短暫住在南部家鄉時，看過親族用一樣的石磨，磨的是黃豆，要摻在飼料裏餵豬的，那剛磨出來的黃豆粉好香，豬未吃，我們這些饞鬼倒先捏來吃了。

石磨由上下兩塊扁圓形石塊組成，下塊是不動的基座，上塊套在下塊軸心突出那支鐵棍上，轉動石磨，上面那塊石磨近邊緣有一洞眼供待磨物倒入磨心，磨碎米穀成漿成粉，然後流到基座邊緣的一圈凹槽裏，從漏嘴流出。

轉動石磨的推把一般是木製三角形，尖端處伸出一根鐵條，前端向下折，嵌進石磨側邊一塊厚鐵片的圓洞，一條麻繩穿過屋梁綁在三角形底邊兩端，擔負了推把的重量，推磨的人就推動這底邊使力。我試過推磨，但力量不足，無法順暢，所以是哥哥主推，我負責從洞眼倒米，石磨轉一圈，我倒一勺帶水的濕糯米，石磨不停，於是形成一種韻律動作。餵米的固然要眼明手快，但推磨的顯然更加辛勞。

磨好的米漿裝在麵粉袋裏，紮緊，放在條凳上，用石頭或大砧板壓著，再架上扁擔或竹竿，綁緊在條凳兩端呈弓形，擠出水分。放段時間大致凝固以後，捏成小塊狀放入墊著玻璃紙的蒸籠裏蒸。我坐在大灶口添柴加薪時，有著期待年節的微微興奮。

我們家因為人口眾多，每年都要做兩個大於一人環抱的年糕。年糕蒸好，準備放涼慢慢切來吃，但第一時間小孩子已經等不及，用筷子挖來吃了，以至於每年總會有一籠年糕表面是坑坑疤疤的。

過年期間，食物總是比平常豐盛，年糕出籠嚐鮮之後便少人問津，等年節一過，回復日常時，就想起它來。用點豬油煎到微焦，焦的部分特別好吃；或者裹上麵糊去炸得外酥內軟，都是美食。

在尚未自己做年糕之前，我們家的年糕是外婆從南部家鄉美濃寄來的，自己製作之後，翻山涉水而來的親情依然持續好多年。通常是切成小塊長方體，而且曬得很乾很硬。這樣的處理過程，需要一點時間，到我們家時春節已過多日，剛好接續我們自製的年糕。自製的年糕使用白砂糖所以是白色的，外婆的年糕使用黑糖，呈棕色而帶著較濃的香氣，或許是香蕉油用得比我們家多的緣故。我不知道是不是家鄉的年糕普遍使用黑糖，以至於家鄉人形容一個人的膚色略深時是用「甜粄色」。「甜粄」就是客家人說的年糕。

人工推磨做年糕沒幾年，忽然有一年母親指點了另一個地方，是用機器磨的。機器不大，泡水的米整桶倒進漏斗形的容器裏，電掣往上一推，馬達嗚嗚響，帶著震動，一兩分鐘就解決了，費用按升收錢。那次的經驗好震撼，好似從農業時代一下子跳進工業時代的感覺。

時光帶來改變，我們都相繼離家之後，年糕自然就不做了。用買的比較快，母親說。我自己成家以後，逢春節，先還會從市場買一小塊回來應景，即使年糕的內容比以前花樣多，加紅豆的，加桂花的，不一而足，但在物資日益豐富的年代，年糕逐漸失色，孩子們也沒把它與年節聯結起來。

自從有一回買來的年糕待在冰箱直到下一個春節都沒人動過之後，年糕就消失在我們的生活裏了。

昔日甜食

那時候是在羣山環繞的電廠宿舍，母親煮了甚麼東西，倒在鋁製茶盤裏，放冷凝固了，用刀子斜切，一塊塊菱形的半透明的吃食便呈現在我們眼前。入口化之，微甜，好吃，母親稱這食物為 Kanten。

成年以後，在城市偶會看到過穿街走巷賣麻糬的攤車，往往也賣和 Kanten 一樣的吃食，攤車的櫥櫃上寫著燕菜。它放在鋁碗裏，倒扣出來裝進透明塑膠袋交給顧客。中年始學日文，慢慢才知道 Kanten 的漢字是「寒天」，寒天與燕菜是一樣的嗎？Google 看看，兩者跳出來的第一則完全一樣：洋菜。原來我吃的是洋菜凍。

洋菜凍是我記憶裏最早的吃食。母親會做這些零食，想來是她在學生時代學過，而更多的原因恐怕是為了我們這些小鬼。我們在山裏住了大約三年，印象裏只出去外面一次，平常日子都在不到十戶人家和一棟單身宿舍組成的區域裏活動。沒有商店，沒有小販，沒有零食，那就自己做吧。

離開山裏的電廠後，住在加禮宛的宿舍。記憶裏，宿舍區很廣，好幾次越過大片草叢和電桿堆中間的小徑，被派往住處另一端大門外的茅屋小店買放在玻璃罐裏的一塊塊爆米花或者五顏六色的糖球。宿舍這一端有個小門，但外頭比較荒涼，出入的人相對稀少。偶爾有文面的原住民婦女背著幼兒提著小芋頭進來與住家交換舊棉布衣褲，也有講河洛話的婦女肩挑蔬菜水果來叫賣，其中我現在還有印象的是紅心番石榴。

有一次，我跟隨母親出了那個小門，走了一段田邊小路，來到有竹林和樹木的幾戶人家，其中一戶有個自製煎餅的大爐子。回想起來，煎餅大概是一片擀過的麵片，略捲成橢圓筒狀，再切成一公分多寬，側看略像迴紋針形，進爐烘烤。先來後到排了一些時間，我們買到了一大包煎餅回家。

母親把煎餅收進一個用過的空餅乾罐，罐子是鐵皮製的，呈正方體，上面有個圓形蓋子。每天一回，母親會拿出來分配給我們兄妹。有一天，嘴饞的我，偷偷拿出了餅乾罐，沒注意母親是怎樣開箱的，我拿了縫紉機小抽屜裏的剪刀，用它的尖端去撬開蓋子。噹一聲，剪刀的一片利刃竟然應聲斷了約一公分。我嚇得趕快把餅乾罐和剪刀分別歸位。

剪刀毀損之事要過了一些日子母親使用縫紉機時才發現，沒人聯想到它與餅乾罐的關係。母親問了每一個人，當然沒人承認。嚴厲的父親那次居然輕描淡寫，只是歪著頭說：「奇怪，這日本製的剪刀怎麼這樣快就壞了？」

惜物時代，又用了些時候，大概是不順手罷，才重買了新的。有了新剪刀，壞掉的剪刀並未丟棄，父親將原來那支剩下的一個尖刃敲斷，這樣就成了一個平頭剪了，只是從此以後它淪落為剪鐵皮、木屐帶等等的粗用工具。之後，我們再搬了幾次家，住到鄉村家園，日常生活裏少不了房舍、籬笆、果棚菜架等等的修繕作業，我們有一個木頭提把的工具箱，大小鐵釘、蝴蝶門夾、公母螺絲、起子、老虎鉗等一應工具用品全收攏歸放在那裏，那支曾經晶亮的平頭剪也在。

一直到十幾年後我離開家，它都還在那裏，見證著我幼年時候的罪行。

在鄉村家園，母親比較不忙心情好的日子，偶爾也會做些甜食。

現在稱做車輪餅，或者紅豆餅的，我們當時沒人這樣說，都只說是 Manchu。多年以後我才知道那是日文漢字「饅頭」的發音，中文的饅頭不包內餡，日語的所謂饅頭是包餡的。那個時代，花蓮市內的 Manchu 攤子也很稀少，我只看過在公路局巴士的公賣局招呼站旁有一攤，大約是一個兩角三個五角的價錢。

我們家做的紅豆餅與外面賣的不一樣，因為工具不同。現在我們在街上看到的模具烤盤，它上面一、二十個圓形凹槽邊緣都是垂直下去的，這樣才能做出車輪形狀的成品。我們家那個模具應該不是紅豆餅專業用的，我懷疑它其實是一種我不知道用途的甚麼工具，它長得像一個帶長柄的平底鍋，但鍋底多了三個呈品字形分布的凹槽，只是這凹槽並非垂直而是呈緩坡向下，有點像放醬油的小碟子。我們家做出來的紅豆餅因而長得有點像現在常看到的銅鑼燒，只是銅鑼燒的邊緣是開的，你可以看到它的內餡，我們家的餅邊緣則是封閉的，形狀像漫畫或電影裏的飛碟。

管它紅豆餅像甚麼，有得吃就讓人高興了，問題出在烤盤。只有三個模子，要烤兩次才能做出三個餅，而等著吃的有七、八個人，好為難，母親也覺得太花時間，只做了兩回吧，那個飛碟餅工具便束之高閣了。

不做飛碟餅，那就來做芝麻球吧。做芝麻球要用花生油炸，客家人將花生油說成「火油」，母親交給我一個空酒瓶說：「去買罐火油。」我走到大門對面那家退伍軍人開的小店說買火油，老闆接過瓶子戴起老花眼鏡從角落的缸裏酙滿了給我。回家把找錢還給母親，怎麼這麼便宜，她說，打開瓶口聞了聞，大驚失色，叫我給退回去。原來是小店老闆將火油了解成煤油。差點出事，我們家使用的「火油」這個詞彙便自然消失了。

將事先做好的芝麻球放入滾油的炒菜鍋去炸，很快就能起鍋，數量也夠分配，比紅豆餅好多了，如此做了多次。我們家是燒大灶的，炸芝麻球時，我常常坐在灶前的小板凳上負責添柴火。一回，在油鍋裏翻滾的其中一顆芝麻球不知甚麼原因突然炸開了，油飛濺了出來，剛好噴到我的臉上。波及的面積還不小，整個臉都花了，幸好沒噴到眼睛，傷好後也沒留下痕跡，只是那陣子在學校裏要回答老師和同學的詢問感到很煩，我一定是撒了甚麼謊蒙混他們，畢竟為了芝麻球弄成這般模樣有失自尊吧。

這樣不安全，「毀容事件」之後，我們家從此不再炸芝麻球了。

輯三

家庭節日

家庭節日看似俗氣，
卻有助於家人的凝聚力，
日常生活本來都是以俗氣為基礎的啊。

初返鄉

在我們家族早期頻繁搬家的那段期間，或許大人會有許多煩瑣的事情待理，我們小孩子倒還好，能做的事有限，像行李一樣上下卡車就行了。一開始入學就選擇了父親上班地點附近的小學，無論我們怎麼搬，也只在市區市郊，方圓幾公里，再遠，十公里之內，所以不必轉學。在市區走路，在郊區搭巴士通學，搬個家恍若換個地方睡覺，下課後記得回到新家便可以了，完全不影響學校生活。

也有例外。一次，舉家遷回南部。行李用托運的，父母親帶著六個小孩，其中還有一個襁褓，先搭火車，再乘公路局巴士轉客運，繞過半個台灣，回到家鄉。

那是我記憶中第一次回家鄉，許多經驗都是新的。在東部沒有甚麼親戚，回到家鄉到處是親戚，事實上我們居住於祠堂所在的夥房裏，周圍一兩百人全是族人，從叔公到姪輩都有。跟母親走在路上，常常停下來聽母親和親友談話招呼，然後母親會低下頭來和我說，這位是你姨丈的弟媳婦，你要叫她嬸母；這位是你叔伯阿姊嫁過去那家的誰誰誰，你要喚她……諸如此類。親戚這麼多，以至於有一次回家看到芒果，順口問哪裏來的，母親回答是「阿錢伯」，我還真以為有這麼一位種芒果的親戚哩。

轉到新學校，跟著堂兄弟們以夥房為單位的路隊上學，也慢慢習慣和大家一樣赤腳。從家裏到學校，除了上課，都講客家話，我在東部時與鄰家小孩與同學溝通流利的河洛話，在此完全無用武之地。

父親很快就回到東部繼續工作，過一陣子，他去了台北，到台大醫院開刀，母親則從家鄉去台北照顧他。家裏一時沒大人，由大我兩歲的哥哥領頭，三餐到伯父家就食，生活倒也沒甚麼不便，比較為難的是一向嚴肅的伯父為了顯示慈愛，偶會夾一塊我向來不吃的肥豬肉到我碗裏，讓我不知如何是好。

父親是患了腎結石，手術順利，幾星期後即銷假上班。夏天結束未久，在返鄉半年後，全家再次循原路遷回東部。我們又轉回原來的學校，而且在教導主任詢問意願後，我和哥哥都回到原來的班級。

隔了好多年，我才比較了解那次遷移的意義。那應該是父親生命中一個重要的決定，當時那樣的手術有著不可輕忽的風險，於是他事先做了萬一的安排。父親並非安土重遷的人，那當兒，他已經有十年海外，十年東部後山，合起來超過他在生身之地的歲月了。面臨緊要關口，他還是選擇讓我們回到親族環繞的家鄉生活。結局是虛驚一場，一切又回到原有的軌道。

我的客家話原本就沒有問題，但僅有半年的家鄉時光，中間還有一個漫長暑假，和堂兄弟玩的時候多，與同學的互動自然少了。我記得的同學只有寥寥幾個，滿照應我這個新同學的班長，二十幾年後在我初入職場時重逢，當了兩年不同單位的同事。

還有兩位當時沒有印象的同學，一位娶了我一個妹妹，變成妹婿；另外一位嫁給只大我兩歲的小舅舅，變成舅媽。很巧嗎？不，不會太意外，典型的小鎮小村故事。

充滿電影的夏天

舉家從東部遷回家鄉美濃的半年，兩個不完全的學期中，包含了一整個暑假，那是一個充滿電影的夏天。

當時美濃鎮上有兩家電影院，美濃戲院和美都戲院。一般是白天一場，晚上一場或兩場，票價大人二元、小人（沒錯，客語的小孩就是「小人」）一元。我每天固定從母親那裏拿到兩角零用錢，然後步行個二十分鐘左右到上庄外婆家，向外婆和外曾祖母分別要到兩角和一角。有了五角錢，我就可以到戲院去了，等唱完國歌，電影開演了一會，付了五角錢就可以進場。那時除非是受歡迎的影片才會演兩天，平常都是一天換一片。不管是甚麼片子，對我都有致命的吸引力，有時候外婆只給我一角，只有四角錢的我也會等到電影開演較久之後向守門人拗進場，那種等待，想像著裏面萬千繽紛逐漸化去，對那個時候的我而言真是煎熬啊。

那個夏天我因此看過從台語國語粵語片到東洋西洋片，且具多種類型，甚至有的電影粗糙到我那麼小都感覺很假，譬如說台、粵語片裏「放劍光」這一類的特殊效果，但還是照看不誤。

那些半世紀前的電影，還記得片名的有《三日月童子》、《天兵童子》、《神拳霸王》等等，這些日本片上映時比較轟動，可得花足一元買票才能進場，通常我要當幾天媽媽面前的乖小孩隨時聽命幫忙家事才得如願。

那個夏天以後二十幾年，我又在美濃看了一場電影。一九八〇年，鍾理和紀念館的破土典禮在美濃笠山下的理和先生故居舉行，我工作的中國時報人間副刊主編高信疆先生本來預計要出席的，臨時另有活動分身乏術，指派了新進編輯的我代表參加，原因顯而易見，你的家鄉嘛。與破土典禮相互配合的是李行導演根據鍾理和作品和事蹟改編的電影《原鄉人》在美濃首映。

參加了破土典禮，用完午餐，許多藝文界人士和美濃鄉親便移動到第一戲院去觀賞《原鄉人》。拍作家夫婦在中國北方的生活，男女主角說標準國語還可說得通，事實上理和夫人平妹女士還能說一口京片子，但是美濃的場景裏，仍然說標準國語，雖然說那是在「台灣新電影」出現之前，這種配音早已見怪不怪了，但那天坐在滿場客家鄉親之間，語言的氣氛還真是覺得不調和。

對我來說，那是第一次在第一戲院看電影，也是最後一次。這家後起的戲院和先前的美濃、美都戲院，以及全台灣絕大部分鄉鎮的戲院一樣，不敵電視和其他娛樂所帶來的新形勢，扭轉不了命運，都走入了歷史。

我的舅舅

法國導演賈克・大地最成功也最受歡迎的作品叫做《我的舅舅》，我年輕時就聽說過這部電影，但從未看過。

我要說的是我的舅舅，母親六個弟弟中的第四個。五〇年代中，父親服務的公司在東部山裏進行一個工程，需要大量的臨時人員，西部家鄉因此有五、六位年輕的親友前來工作，四舅也來了。

十八歲的四舅高大英挺，長相俊朗。來東部之前在家鄉小鎮的戲院當了好幾年宣傳員，日日騎著看板三輪車繞行各處，邊用麥克風介紹當天放映的影片。看過無數電影的他，到了東部還是保有觀影嗜好，周末下山到市內住我們家一宿，常會帶哥哥和我去看場電影，這樣的舅舅無法讓人不喜歡啊。

兩年後，我們搬遷到附近的鄉村經營農場副業，需要人手，舅舅也到了隨時會接獲入伍兵單的時候，父母親便和他商量，讓他辭去山裏的工作，暫時到我們家幫忙。大約每隔一星期，舅舅會用自行車載兩籃雞蛋到市內的飼料行去換飼料，順便看場電影，他只能再載一人，那自然是經常聽他使喚的我啦。

原以為隨時會到的兵單卻遲遲才來，因此我們和舅舅相處時間滿長的。舅舅很會說故事，愛聽故事的小學生我自然成為他最好的聽眾。沒錯，他說的故事都是從電影裏來的。記性很好的舅舅還常常念從一到十開頭的西洋電影片名，而且是七個字的，像念歌詩一樣，另外還有四字訣的呢。

這都是半個世紀前的事了。年前，我有事回家鄉，在街上遇見騎著摩托車的四舅。聊了一會，這次我用筆記下了那些我記不全的片名。一曲相思未了情、兩女之間難為夫、三點十分特快車、四月薔薇處處開、五虎勇鬥飛龍關、六月六日斷腸時、七仙山上黃金夢、八門仙洞盡風流、九重天上慶生還、十年征戰美人歸。

我的四舅林茂芳其實是家鄉美濃的名人，他辦社區報《月光山》（旬刊）三十餘年，社長兼採訪兼總務，如今還在持續中。年近八十的他，背脊依然挺拔，不能不令我想起他當兵時是海軍（陸戰隊）儀隊隊員這件事。

秋子

母親早年的家計簿，在瑣碎的日常家用，青菜豆腐醬油鹽醋簿本鉛筆木屐針線等等細項，各是幾元幾角的流水紀錄裏，某一天出現了「秋子，二〇〇元」的條目。一九五八年，兩百元在普通家庭裏是筆不小的數目，母親同時罕見的在家計簿上方空白處註記了一行字：「秋子〇月〇日去台北」，指的是那筆支出後的第二天。

秋子是我的堂姊，她的父親戰時到南洋工作，戰爭結束之前病故在異鄉。五〇年代中期，我們家附近的山裏有工程在進行，需要大量的臨時工作人員。透過我父親的介紹，十五、六歲的她從南部家鄉來到東部，到山裏頭工程處的廚房工作。周末休假時，她常會搭交通車下山到城鎮來，晚上就住我們家，和三個妹妹擠一間榻榻米房，星期天下午才離開。秋子姊一貫是爽朗親切的笑容，也常帶來些糖果零食，自然受到我們的歡迎。我的眼裏她已經是大人了，在我們家時，還是和小孩子們玩得很歡快，與她玩在一起的主要是妹妹們，男孩子並不太參與。

大約在山裏待了兩年，秋子姊存了些錢，辭去了工作，說要去台北學洋裁。於是母親在她臨行前拿了兩百元給她，我們一般說「做所費」，也就是日後我們在課本或者甚麼地方讀到的「程儀」。

母親家計簿對這件事的簡要記載是經過多年後才看到的，它從我的記憶裏勾起了秋子姊那晚在我們家的畫面。那是晚飯後，母親與秋子姊站在廚房水槽前一面洗碗盤一面談話的情景。或許是第二天就要去顯然是夢寐以求的台北了吧，感覺她是興奮的，碗盤洗完了還站在那兒與母親繼續聊了好一陣子。

再見秋子姊是三十多年之後。

父親從公司退休，回到家鄉定居。已經長住台北的我在一次年節也或者是失業的閒暇期間返鄉時，父親對我說：「還記得秋子嗎？」原來父親最近在一個喜慶場合遇見她，也是多年不見，說是就住在鄰庄，已經是好幾個孫子的祖母了。我當然記得秋子姊，只是腦海裏映出的是當年在水槽前與母親談話的側臉，那以後的三十多年完全是毫無任何訊息的空白啊。

秋子姊去台北的時候，台灣的加工出口區還沒影子，陳芬蘭唱紅的〈孤女的願望〉也還要稍微等一下。這首歌的孤女問路道：「請借問播田的田庄阿伯啊，人塊講繁華都市台北對叨去？」她要去台北找工作，想著「若是少錢也要忍耐三冬五冬，為將來為著幸福甘願受苦來活動，有一日總會得著心情的輕鬆。」或許我的堂姊也帶著夢想，去台北辛勤學會了洋裁之後，能夠有自己的一爿店，做著新潮的洋裝？

但是後來發生了甚麼事？也或者甚麼事都未發生，就回家了？最後成為一位農婦。

我開著車，在父親的指引下，很快就到了秋子姊的家見到了她。當年的少女已經成為眼前接近初老的婦人，風霜上臉，幾絲白髮，卻不脫健康開朗。她赤腳從田裏走回菸樓旁的鐵皮屋頂敞間，在傍著各式農具的幾張藤椅前與我們寒暄。父親推辭了她的讓坐與泡茶的建議，三個人就站著說話。其實我們之間的話題不多，父親前此應已敘過舊，這回只是帶我走親戚的意思，僅一會兒就告辭了。

在那短暫的相逢裏，多半時候我們只是相視微笑，去之前還想著問秋子姊到台北之後怎麼了？待了多少時候？洋裁學了嗎？見面的一刻就完全打消了。

當她抱著洋裁夢去台北的時候，我還是個小學生，如今再見面已是初老與中年，三十年間足以讓許多夢想萌芽與幻滅，而斑白的頭髮實不宜言說夢想。那一刻若是問起夢想，連我都不禁要嘲笑自己了。

交集與重逢

我有一位得稱他姑丈公的長輩，過去是一所大學農學院的教授，從小在父母親的談話裏會出現，特別是父親到台北出差的前後。

可能父親年幼時曾經跟著尚未出閣的姑婆學漢文，所以比較親近？又或者姑丈公是大學教授，為父親他們那輩的堂兄弟們所景仰？在那些有限的聽來的片斷訊息裏，最讓我印象深刻的是姑丈公與姑婆的婚姻。據說原本打算（或已經？）出家的姑丈公，因為遇見了姑婆而改變了原來預計的人生。我心想，這真是太羅曼蒂克了，好像小說裏才會有的情節，卻是不敢進一步詢問。

高中畢業後來台北上補習班，寄住堂叔家，由堂弟帶我去拜訪，第一次見到了傳說中的姑丈公，果然溫文爾雅，和藹可親，並不會對我等小輩說教。那時，他已經從大學退休，曾在私立T中擔任校長，但很快就辭了，改任校董。那次的拜訪，也見到了姑婆，她灰白的頭髮齊耳削短，別著髮夾。姑丈公向她輕聲介紹我，這是誰誰的兒子，姑婆只是微笑。去之前我已經知道姑婆失智一段時候了，那是第一次見到姑婆，也是最後一次，我補習一學期，回東部未久，就獲知她過世的消息。

我後來在台北求學、成家、工作，等於生活在台北，間或也會在親族的喜慶宴會上遇見姑丈公，事實上，我的結婚喜宴，就是姑丈公出席當證婚人。讀完兩年研究所學科，一時還未能畢業，想謀個兼課的工作，便又去找姑丈公。他聽了來由，立刻帶我去拜訪T中校長。那是個炎熱的夏天，我們出了青田街，攔了部計程車到永康街去，不巧校長不在家，只得回到青田街，略坐一會，我才告辭。兼課的事我顯然不夠積極，後續未就這件事再去找姑丈公。

在不算多的見面裏，我與這位長輩談話很少，我想應該是一個文科生面對農科教授，交集不多的緣故。只記得有一回在他的客廳兼書房看到一整部日本近現代文學家全集，書盒套裝，頗為壯觀。我正瀏覽著那些作家的名字，一旁的姑丈公說道，這些都是以前讀的，現在看起來像是在「煮嘎啦飯」。「煮嘎啦飯」是「辦家家酒」的意思，我腦中琢磨著，到底是文學像辦家家酒？還是他讀文學作品這件事像辦家家酒？不管是哪種，這新發現的交集顯然很快就消失了。

今年年初，我受邀到T中參加一場教師的讀書研習會。走在T中的長廊時，我向聯繫我的鄭老師提起姑丈公的事，她問了名字，說有印象，待會後帶我去校史室參觀。

果然，在校史室牆上掛著歷屆校長的照片裏找到了這位姑丈公，他只做了一年，半世紀前的事了。管理校史室的女士從櫃子裏拿出一本小冊子，那是姑丈公原先保存的校友通訊錄，封面工整的鋼筆筆跡寫著他自己的名字，他還是這所中學創校時的第一屆學生。

那一刻，事先沒想到的，我彷彿和已作古多年的姑丈公重逢了。回家後，我試著在網路上尋找他的資料，還真是滿豐富的人生。他研究佛學，寫過多本佛教與台灣民間信仰的書，是這方面的專家。我一位大學同學顏尚文教授，是專研佛教的，在同學聚會時請教他，他說：「李添春先生？他可以說是台灣宗教研究的領頭羊。」

我固然認識姑丈公，但那與真正的認識或者說了解完全不可以道里計。

生日

這是我今年的生日禮物，一部小筆電，兩個孩子送的。

小時候家裏是不作興過生日的，這恐怕和父親重實際的個性有關，離開了南部家鄉，來到相對簡樸的東部，也就遠離了許多傳統的繁文縟節。當然，那個時代普遍對個人自主和後輩小孩的心理不那麼重視恐怕是更重要的原因。

我們家唯一有一點點過生日氣氛的是父親的生日，會在某一個晚餐，多了一小碟煎豬排片，媽媽宣布說今天是爸爸的生日，這一碟「bifuteki」是為爸爸準備的，在當時普通家庭的日常餐桌上，有點豪華的煎豬排片最終我們也吃得到，父親會在嚐過一片後說：「大家都吃吧。」那也就是小時候我們家唯一的生日風景了。後來每當想到生日就會不期然的想起這個場景，那個「bifuteki」應該就是beefsteak罷，明明是豬排為甚麼叫牛排呢？只能歸之於父母親他們那一代的和式語言了。

父親是過農曆生日的，而我們日常行事已經多是陽曆了，所以不會去注意到他是哪一天生日。如果我們知道他的生日，會事先買個禮物或者做張卡片給他嗎？

答案是不會，雖然我們兄弟姊妹從未商量過，但我們都知道結果會自討沒趣。我們能想像得到父親的反應會是「有時間做這種事，不如把數學弄好一些」、「努力讀書比較重要」這一類說教的話。那是個表達情感相當困難的時代啊。

一家之主都那麼低調了，小孩子還能怎樣？慢慢地長大了些，來到敏感的青春期，你意識到了自己的生日，到了這一天，早晨起床的時候，你對自己說：「今天是我的生日。」然後也許想一下，立意多了一歲要更用功一點或是把身體鍛鍊得更強壯些，之後就和歲暮年初對新一年自己的期許一樣，兩三天後一切復歸舊軌。如此這般一兩次後，關於生日的自我期許也免了。一天裏也許你會有一兩次意識到生日這件事，但只是默然和漠然，臨睡前或許會心想「啊，生日就這樣過去了」，說不上來好像曾經期待甚麼事情發生一般。事實是根本沒人記住你的生日，如果你和兄弟姊妹宣稱今天是你的生日，大家會用奇異的眼神看你，意思是說「那又怎樣？」

你其實也從未怨嘆，因為你的兄弟姊妹、朋友、同學都沒人過生日啊。過生日唱生日歌、吹蠟燭、切蛋糕是電影和小說上才有的，我們的經濟水準還未到臨那個境界啦。

開始為父母親過生日是多年以後的事了，總是得在出了社會，有工作有收入之後。你從外地回家，母親準備豐盛的菜餚，你們兄弟姊妹事先協調好了誰負責去買蛋糕，禮物需不需要合買，又或者乾脆包個紅包比較實惠。和過年一樣，給媽媽的紅包交給媽媽，給爸爸的紅包也還是交給媽媽。

切蛋糕的時候，沒人習慣在父母親面前唱歌，也不習慣說些祝賀的話，便有一個人輕輕說了聲「生日快樂」，其他人附和著嘟囔一聲便過去了。如果過生日的是媽媽，她便喜孜孜地吹蠟燭切蛋糕，如果是爸爸，過程總是不太流暢的草草了事，那不自然的表情好像在說「這，這是在做甚麼呢？真是」，即便你從眼神中看出他心中其實是欣慰的。

自己第一次過生日是三十歲。那時候還在服預官役，行動沒那麼自由，所以是生日過後一天在一家廣東菜館吃飯，太太、兩歲半的兒子、跟我們住一起的妹妹，一共四個人。太太送給我的禮物是一只奧米嘉手錶（九百元台幣的贗品啦）。因為是第一次過生日，所以記憶特別深刻，場景歷歷如繪。

家裏的小朋友才略懂事便開始過生日了，怎麼過？你不會陌生的，這麼多年來你看到的讀到的影像夠豐富了，挑一個幾乎是千篇一律的你腦海裏熟悉的方式炮製就是，那也就是刻板反應了。能過生日，大家都很高興，初次給孩子過生日的父母更起勁。給孩子過生日和帶孩子到公園放風箏都是同一件事，填補過去的空白，實現從前的期待。

我們自己過生日呢？同樣是大人準備，小朋友來唱歌吃蛋糕，主角不同，戲碼一樣，但這就成了家庭節日。家庭節日看似俗氣，卻有助於家人的凝聚力，日常生活本來都是以俗氣為基礎的啊。

然後孩子們長大了，在你沒意料之下，他們湊齊攢下來的零用錢，買個禮物送給你，並不吝惜在自製的或買來的卡片裏表達他們的親愛祝福。

接著他們用自己的收入來為你過生日了，他們請你到餐廳吃飯之外，事前觀察或者試探你的生活裏有甚麼需要或更新的，生日的時候你因而有了貼心的禮物。

這些年我於是而有氣墊籃球鞋，有背後印KUO56的運動棉衣，有一件防寒夾克，有雙慢跑鞋，有一件短大衣……有一部小筆電。還有那上面留存的溫度。

失業

讀國小的時候，曾經到一位同學家去玩。其實，他家是沒甚麼好玩的，那是間租來的破舊房子，鮮少的家具簡陋。我還記得我們有一搭沒一搭的聊天時，他在屋外獨自玩著甚麼的小弟忽然跑進來嚷著肚子餓，我同學打開竹製的菜櫥，卻找不到可充飢的東西。他安撫了一下小弟，赧然向我說，得等他父親做工回來才有辦法。我忘了他們的母親是和父親一樣去做工了呢，還是已經不在這個家了。我這位同學的功課不好，常挨老師的板子，自從去過他家，我再看到他手心挨打時臉上忍著的表情，都覺得另有體會。

或許，我對自己的家不盡滿意，但至少它從未讓我們衣食匱乏，比起那位同學，我是幸福多了。家，無論如何，總是一座堡壘罷。父親在公營事業公司當工程師，未曾聽說他有甚麼工作上的進退問題。我從未想過若是父親失去了工作，沒有了收入，那該怎麼辦？

家裏是充滿安全感的。

中學時期，我的同學們大致來自兩類較明顯的家庭，一類是在市區做生意的家庭；一類是父親在公家機構服務的家庭。後者占大多數，我們會說我是台糖子弟，台鐵子弟，台電子弟，台肥子弟，或說空軍子弟，警察子弟，其他還有電信局，郵政局，港務局，糧食局，林務局，稅捐處等等，中小學教職員也應該屬於這一個大類。

的確，上世紀五、六〇年代，在非屬工商都市的東部市鎮裏，會有甚麼民間大企業呢？養活眾多家庭的就是公營企業和公家機構了。那樣顯示的特點是相對的穩定，也就是讓家庭成員具有安全感的那種狀態。

事實並不盡然，他們內心裏也未必是水波不興的，只或許是環境並未讓他們有太多選擇的餘地。這些我要多年之後才明白。一回，我失業了一陣子，又找到新工作時，失業期中一直未敢問我甚麼的母親欣慰地對我說：「這樣才好，就是要工作才好啦，你的妻子也才會有安全感……」然後，從母親口中，我第一次知悉父親也有幾回興起辭職的念頭。「每次，你爸爸日夜盤算著要辭職回故鄉耕田時，我心裏都發愁呢……」母親如此說。

唉，我們那時候還年幼，怎麼能理解起伏明暗的人生呢，而這些人生與工作上的起伏波濤，隨著時光流轉，全都到我們自己的身上來了。

我們這一代與上一代很有一些不同，那就是願意在一家公司熬的人少了，外面有的是機會，不必浪費青春不必等，總要不斷的嘗試才能找到合適的工作，換工作於是成為常態。

當然，辭職、換工作並非雲淡風輕，內心的洶湧轉折只有當事人才能深切體會。此外，換工作也常與年齡有關，年輕時義無反顧，年齒稍長便會多所躊躇了。

我們這代人小時候會說自己是「××子弟」，我們的孩子現在的語彙裏，已不會有這樣的字眼了。我過去的一位朋友曾經略帶感傷地說：「十幾年來，我換過的工作太多了，兒子在作文簿裏說他一直弄不清楚父親做過哪些事。」這就是吾輩家庭的一個寫照。

失業既然是不可避免，那就留心它的技術問題吧。我後來失業，根本沒讓父母知道，直到過了近半年，在新公司上班了，才提筆寫信稟告他們這一段「往事」，這樣，他們尚未來得及為我的失業擔心時，便已經因我的重新就業而放心了。

年輕時讀過一篇小說，關於失業的。小說的主人翁是個小職員，中午都在公司附近吃自助餐，常夢想與女朋友到名叫「天使」的西餐廳用餐。他想像著那裏優雅宜人的氣氛和豐盛可口的食物，但他的薪水不多，又要寄錢給鄉下的父母，「天使」的午餐因而是太奢侈了。一天，他被叫進了老闆的辦公室，老闆多給了他一個月薪水，要他不必再來上班。接下來，小說的作者處理了最精采的部分：主人翁與女朋友終於在夢寐以求的「天使」共進了午餐，之後，他寫信回家，信裏說因為老闆即將為他加薪，因此這個月多寄些錢回家……

這篇題為〈解雇日〉的小說，教人難忘，筆名于墨的作者吳國棟進入新聞界，跑了多年社會新聞，擔任過雜誌總編輯，近年常在電視評論節目上看到他。

〈解雇日〉的小說既壓抑又感人，幸而我們的故事不至於到「可歌可泣」的地步，關於失業，關於過日子還是平淡些好。

人間問

二十幾年前的事了。我們幾個朋友開始學日文。學語文一般會從簡單的日常會話開始，我們的日文老師也不例外，她常常問我們一些簡單的、基本的問題。

可是有過這樣經驗的朋友一定會同意，基本問題往往是很難回答的，就像為一個具體或抽象的概念下定義一樣。

日文老師的問題，在字面上很簡單，譬如：

「你每天工作幾小時？」

「你家離公司有多遠呢？」

小村日和

這些是十分日常而習焉不察的，於是我們開始想這件我們從來不想或是沒有很認真計算過的事。每天工作到底幾小時？下了班還在想算不算？家裏離公司是一班車就到了或者三十分鐘，可三十分鐘是時間而不是距離？到底多遠？是兩公里，還是三公里以上？……

還有更「深」一點的問題：

「你關心你的家人嗎？」

「你的孩子會偏食嗎？」

「你見過孩子的老師嗎？」

略一思考，我們就回答了，滿理所當然的。但是這使我開始心虛起來，事實到底真的像我的回答那樣嗎？家人對我沒有怨懟嗎？我真的了解我的孩子嗎？他們已經長大了，會不會在甚麼場合也抽菸呢？而孩子的老師，我見過哪一個？怎麼沒有一個臉龐浮上我的腦海？……

還有這樣的問句：

「你對未來有什麼打算？」

「你是個冷漠的人嗎？」

「你常常大笑嗎？」

這個連回答都很難了，要想更多一點的時間。

我們幾個同學都是多年的朋友了，很多時候一個人在思考答案的時候，另外的人還會用打趣或揶揄的語調替他回答，但有的問題的答案，彼此間也會感到驚訝——「我應該知道的，為甚麼不知道呢？」或者「我以為是這樣，竟然是那樣。」

有時候，我們不好意思或不願照實回答，就按照我們「想要」的答案回答，通常就在同學明瞭就裏的笑聲中附加一句：「造句而已。」

偶爾會有一類問題是我們過去常想的，但已多時不復相遇了：

「年輕的時候你是怎樣的人呢？」

「你過去的想法改變了嗎？」

大哉問，足以讓我們沉吟許久了。

老師是個認真而有點急性的人，看我們這般模樣，會追著問：「喂，有這麼難嗎？」

她恐怕不知道這已經不只是語言上的問題了。

比我年輕許多的老師恐怕更沒想到她這個老學生在下課後還會繼續思索她提出來的問題——用中文思索，一再的，甚至在中夜失眠。

真難回答啊。

輯四

物語

擁有鋼筆是一個重要階段，
可能是那個時代一個成長的象徵。

安全刀片

在安全刀片出現之前，刮鬍子用的是那種折疊式的剃刀，手握刀把和刀身後緣以控制角度並操作。我們在西部片和背景年代較古老的電影裏都看得到兩頰和下巴塗滿泡沫對鏡刮鬍的身影。當然，看過強尼・戴普主演的電影《瘋狂理髮師：倫敦首席惡魔剃刀手》（*Sweeney Todd: The Demon Barber of Fleet Street*）的人也不會忘記那犀利的剃刀凶器。事實上這種大剃刀還存在，理髮師修面刮鬍鬚用的刀就是這種，一般人恐怕沒能耐使用了。這種剃刀不只用來刮鬍子，還用來剃頭髮呢，我們過去說理頭髮不都說是「剃頭」嗎？小時短暫住在家鄉的時候，就看到伯父用剃刀為堂兄們剃頭，一個接一個，頭弄濕，塗點肥皂，坐上板凳，伯父微蹲，手腕俐落，幾下子就完結了。最後，他轉向我說：「換你了。」我心中正遲疑呢，他已經在我頭上打水抹皂了。做農的伯父畢竟不像職業理髮師那麼細膩，剃刀刮在頭上有些痛，鑑於伯父威嚴的臉孔，又不敢出聲，實在不是太美好的經驗。

安全刀片是十九、二十世紀之際美國吉利公司推出的，因為這種刀片能防止肌膚受傷，所以剃刀前加了安全字眼。其實安全刀片的「安全」只是相對的，雖然不至於像我一位堂叔所說的：「安全刀片一點都不安全。」但刮鬍子沒被刮傷流血的人大概沒有吧？

安全刮鬍刀輕巧，使用方便，估計普及很快。從我有印象起，父親就用那種最古典型的安全刮鬍刀了。長方型郵票大小薄薄的刀片，兩個長邊是鋒利的刀刃，刀片中間有部分鏤空，方便上下兩面蓋子卡住固定，從上面蓋子正中穿到下面的其實是公螺絲，旋緊帶母螺絲的長形圓柄就可使用了。父親古典型的刮鬍刀是銅製的，不知道他是甚麼時候開始使用，保守估計使用超過二十年，那是個惜物的年代。

那年代還未見過刮鬍膏，刮鬍泡沫都是自己用肥皂打的。即使現在刮鬍膏普遍了，這種「基本型刮鬍泡沫」還是很好用，出門旅行可以免帶那筒顯得累贅的東西。

我的第一把刮鬍刀是上大學前在成功嶺集體購買的，一樣是古典型，便宜的鋁製材質，它的把柄可拆成兩截，剛好和刀身一起收進小塑膠方盒裏。刮鬍刀和成功嶺，似乎是個成年儀式。然後，成年的我大概隨著安全刮鬍刀的發展或與時俱進或者習而不換。電鬍刀不論，單刀片，卡式單刃、雙刃、三刃……我知道有五刃的，但最多到幾刃了呢？

現在的刮鬍刀片卡死在塑膠座裏，不鋒利時就解下丟棄。回到惜物的年代，父親換掉的舊刀片，我們會留下做各種用途。那時候距美工刀出現在生活裏還很遙遠，為了勞作課買的鐵片摺刀，很快就鈍了，淘汰的刮鬍刀片還比較鋒利；偶爾我們也拿來削鉛筆，雖然用起來不是很順手；縫紉機旁的針線盒裏也會保留一片……嗯，我們還拿舊刮鬍刀來閹羊。

我們之所以住鄉下，是為了養羊賣羊乳為副業。母羊生了小羊，若是公羊就不留。很罕有的兩回，把牠閹了養起來。在我們那個時代，騎著腳踏車，打著綁腿，吹著笛子，在鄉村行走的閹雞、閹豬師傅還滿常見的，沒想到我們家有這需求時卻是自己來。第一次是父親操刀，我和哥哥當助手，我不知道身為工程師的父親怎麼會閹羊的，或許在農村長大的他對閹雞、閹豬的過程並不陌生，甚至有過操刀經驗？我沒敢問他。第二次是由念高中的哥哥依著第一次的經驗執行。消毒過的舊刮鬍刀就是手術刀的代用品，其他還準備有碘酒、鍋灰、棉線等。

過程不贅。我兩次都只負責抓羊腿。

眼鏡

小學畢業前夕，班上突然有位同學戴了眼鏡來上課，讓我們很吃驚。下課時間我們圍著他像看一頭珍稀的動物，還有同學要求讓他們試戴看看。

不能怪我們大驚小怪，那時戴眼鏡的人真的很少，我生活的村子，幾乎是上了年紀的人在看報紙的時候才戴上老花眼鏡，年輕一些又戴眼鏡的人，比較常在學校或鄉公所辦公室這類的地方看到。小孩子戴眼鏡，沒見過。

過了一個夏天，進了初中，喔，班上五十三人中有四個人戴眼鏡。從這裏作為起點，戴上眼鏡的同學日漸增加，到了高中畢業時有多少人則沒有數字佐證，主要是我已經習慣身邊同學戴眼鏡這種平常事，沒想到去數它了。學校生活裏偶爾會遇到有同學在打球時摔落鏡片、摔斷鏡架，或者鼻梁破皮流血這些事。有時候還會看到同學用橡皮圈綁住鏡架湊合著用上一陣子，畢竟那個時代像眼鏡這些東西對不少家庭都是額外的負擔。

說高中畢業時有不少同學戴了眼鏡，但不戴眼鏡的人應該還是多數，進了大學之後，發現怎麼這麼多人戴眼鏡啊，吾輩正常視力者竟成少數。

不知是遺傳呢，還是我們成長的環境視線所及不乏高山、大海、平野、綠樹，父母親和我們兄弟姊妹視力都很好，只有一個妹妹高中臨畢業時才戴上近視眼鏡。我們家庭相簿裏貼有父親年輕在日本求學時與同學親友於相館拍攝的照片，有幾張竟然戴著眼鏡，相片我們從小看過，沒多加留意，長大以後回顧，猜想那是時髦的緣故，就像他們那個時代一羣人拍照時眼神總刻意投注不同的方向。

在我們成長到面臨兵役身家調查的時候，總是聽說近視眼是不能服某些兵科的傳聞，譬如說海軍陸戰隊和憲兵。即便當時的傳說屬實，隨著近視人口的增加，那種限制也早就不適用了。我們家二兒子小力小學四年級就戴上了眼鏡，後來服了憲兵役。我們那時候近視人口少，戴眼鏡是種特徵，所以有「目鏡」、（四眼）「田雞」這類綽號，現在眼鏡族已成常態，應該不流行這樣的綽號了罷。

或許環境影響視力的因素真的很強，我的電視時代來得晚，一些看來有傷視力的事竟未肇禍端。一整個中學時期，迷戀小說，經常在晚上大家睡覺後開燈夜讀，我把五燭光的燈泡開關扭到臨界處，綁一根棉線，垂到伸手可及之處，若遇父親出來院子走動，稍有動靜，即可熄燈。如此這般，還不近視，聽我說起這段往事的朋友無不憤慨。

不必憤慨，翹翹板通常不會傾斜到底的，往往是辦公室裏唯一不戴眼鏡，視力堪稱優良的我，四十出頭老花就上身了。到眼鏡行配了一副眼鏡，那些過去無從體會的不便，一一來到眼前。與年紀輕就戴近視眼鏡的人不同，到了四十幾歲直接戴上老花，會有一些挫折感還是甚麼的，因人而異。你或許還不至於到傷春悲秋的程度，但多少總會感受到幾絲夏日將盡的寂寥。

記得戴上老花眼鏡不久，太座為我安排了一次眼科私人門診，醫師也就是十多年來固定為太座和孩子們檢查視力的那位。仔細檢查過後，醫師說沒甚麼異常，就是年齡到了，自然的現象，將來老花還會慢慢加深，但不會深到哪裏去。最後他說：「盡量少使用眼睛。」一見我露出奇異的微笑罷，他問了我的職業，一聽說是編輯，醫師也無言地笑了。

電話

若是電影裏演繹的故事年代老一點，有時候我們還可以看到那種掛在壁上的電話。這種話筒和聽筒分離的老式電話機是甚麼時候終結的呢，我不知道，我只知道它是我對電話的初印象。

那時，我們剛從羣山環繞的電廠搬到市鎮北邊的宿舍區，日式的房子，踏上玄關，柱上釘著塊木板，電話就固定在那裏。在那個家一年多，只有一兩回父母親用電話的模糊影像。後來我們用竹筒糊紙穿線做玩具電話，各持一端通話遊戲時，不期然會想起家裏曾經有過的那部老式電話機。

之後大約四年間，搬了五次家，都沒有電話，這很正常，那是機關商號才會裝設電話的時代。接著搬到市鎮南邊的鄉村家園未久，有一天來了幾個人，從卡車上卸下一根木製電桿，豎立在園子中，然後從門前馬路的水泥電桿上接了線，拉到剛豎起的木製電桿端的角鐵瓷珠上轉個折，斜走到客廳外的氣窗邊，固定，打個花，再接進桌上，於是我們家再次有了電話。

我初印象的分離式電話應該是舊時遺物，那個時代早已經使用桌上型撥號式電話了，只是我們東部慢一些，甚麼時候由接線生連通變成直接撥號呢？因為沒用過，並不知曉。新裝在我們家客廳的電話雖然是桌上型，卻是手搖的，它不是電信局的系統，而是父親服務公司的內部通訊系統。從貼在電話機旁牆上的用戶一覽表裏可以看出除了位於市鎮的管理處之外，其餘都是山區的電廠和變電所等相關單位，我們家是唯一的民宅。

父親並非公司要員，而是他的工作中包含了帶領一組人到發生問題的電廠支援修護的任務。狀況的發生不會挑時間，上班時會打電話到管理處父親所屬的單位，我們家的電話是供非上班時間用的。多數問題都在上班時間解決了罷，打到家裏的電話頻率不高，電話來的時候，父親比較常在電話裏和對方討論，解決或暫時擱置問題，通常他並不需出門。但一年裏會有幾回，放下電話不久，父親的同事們搭了公務車，到家裏接了父親，趕赴現場。

這套內部通訊電話不太先進，當有人打電話時，全部電話都會響。因而用長短鈴聲識別，從兩短、兩長、一長一短……到兩長兩短、一短兩長一短不等，幸而它的用戶只有十幾個地方，要是再多幾個，難保不會出現「三長兩短」。反正是辦公場所，電話響是常事，問題是唯一的民宅我們家，電話總也響個不停，從客廳穿過紙門，響徹每一個房間。不只白天，晚上也不缺，少一些罷了，偶爾還有深夜鈴聲呢。

現在想起來，這是多麼令人抓狂的事，但其實還好，我們似乎很快就適應了，也沒太影響日常生活，可見得人的適應力有多強。從五〇年代末到七〇年代初，我們就在電話鈴聲當中過了十幾年「寧靜的鄉村生活」。

還有一個問題，我們是如何從幾乎充耳不聞的鈴聲中辨別出那鮮少是我們家的電話？說來神奇，十幾年間好像也沒聽說漏過甚麼電話。恆常的生活裏，電話一通通的響過去，那代表我們家的兩長聲來臨的時候，不出第三輪，兄弟姊妹裏會有人說，電話，然後去叫父親。

我現在聽到家裏的電話響起，都好整以暇，不是沒有原因的。

排球

我最早看到的球賽是排球。那時住在山裏的電廠，一次，和一兩個鄰居小孩走到宿舍區邊緣，往下看到許多大人在打球。當時我哪看得懂那是在幹甚麼？所謂「看球」僅只是「看」到球和人而已。知道他們在打排球，是若干年後從家庭相簿裏看到包含父親在內的一羣人的活動相片，對照記憶而明白的。

後來看得懂球了，最早看的球也是排球。我們年輕的校長喜歡打排球，不知道是不是因此組成了一個正式的球隊，我只知道他們常常外出比賽，比賽時就帶六年級十個班中的固定兩個班去當啦啦隊，我們班就是其中之一。為甚麼？因為我們級任導師也是球員之一啊。

常看球賽會有怨言嗎？不會，能夠離開日常的學校生活，整隊走到約一公里外的大運動場，坐在草地上看球，偶爾還可以聊聊天，那一兩個小時的氣氛比待在教室好太多了。

當時的排球比賽是九人制，每邊九個人站成三排，而且是固定位置。我們校長個子很高，恐怕有一八五公分以上，甚至達到一九〇公分，固定站前排中，殺起球來——用「易如反掌」會很奇怪，不必反掌，正手直接就拍下去啦。有校長一枝獨秀，像我們導師那樣站後排的只要努力救球，盡量把球往前送，前排舉球手把球做高，八成就搞定了，球賽往往都以勝利收場，我們啦啦隊也很滿足。

多年以後，排球比賽改成六人制，且輪番移動位置，因為有之前那一面倒的印象，球賽變得平均一些，好像也劇烈多了。

我念書時期的那所大學，不知怎的，很流行打排球，也有可能是我的錯覺，只是我們系流行罷了。班上的張、呂兩位同學，對排球特別熱愛，運動時間都花在這上頭。

他們倆個頭不高，彈性卻不錯，於是成為一年一度系際賽時我們系的主力。文學院嘛，運動人口總比較少，兩位主力看我們幾個人平常打籃球還算靈活，便叫我們去練習。前兩年比賽都在雙淘汰制下以二敗出局，三年級時，張和呂勵精圖治，找來一位體育系一年級的高手來指導。這位龐姓教練真是辛苦，除了教戰術還得磨練我們的基本動作，譬如說防守時的前傾半蹲姿勢，他一再要我們蹲低些，利於撲接，可那太吃力了，我們總在不知覺和知覺間蹲高，最後被教練稱為「鐵枝」。為甚麼那樣重視防守？我們那種級數，除了那兩位主力，其他的人跳起來封網都有困難，遑論攻擊，不如加強防守，努力救球，找到機會再吊吊球，對方總也會有失誤的時候吧。教練辛苦沒白費，那年的比賽雖然仍是遭到二敗淘汰，但我們的比賽從未如此振奮人心過，在對化學系之役時贏了一場，差一點取得勝利，那也是四年裏最接近勝利的一刻了。

關於運動，總想起中學時一位體育老師的話，他說，運動可以鍛鍊身體，但別說是每次體育課叫你們到海邊搬石頭上來，叫你們整堂課光跑步，你們都要造反了，所以讓你們打球啊，有樂趣嘛。說搬石頭是運動太誇張了，那是勞動，其他的說法看來倒是符合實情，不管自己親身參與或觀看，球類運動總是受到較多的歡迎。

看球和運動健身是一回事，比賽又是另一回事了，那得附帶各種條件，如果你具有一些先天或後天的優勢，自然輕鬆愉快。每每這當兒不禁會想到小六時看的那些場排球賽，我們校長的興致肯定是比其他老師高很多吧。

足球

聽過一種說法，足球是無趣的運動，一場比賽兩個多小時，球來來去去，有時連射門次數都少，遑論進球了，正規時間賽完，零比零很常見。說得不無道理，但足球自有它可觀的門道，要不然哪來那麼多的擁躉，它可是世上最多觀眾的球種哩。

我最初的印象，足球是一種寂寞的運動。倒不是因為台灣踢足球的人相對少，而是因為家兄。大我兩歲的哥哥喜愛踢足球，當我們假日聚集在村子裏的中學泥地球場上投籃或鬥牛時，他一個人則帶著足球在大運動場的草地上來回盤球。練完盤球練射門，他一個人把球踢出去老遠，又得跑過去把球踢回來，如果有兩個以上的人數來踢球，就會少跑許多距離，也會有比較多的樂趣罷，可是我們這邊打籃球的人就是對足球興趣缺缺，所以往往偌大的操場就只見到他一個人孤獨的身影。

這樣玩足球當然很快就累了，有時候哥哥就會來叫我和他對踢，或者讓他盤球過我，然後找兩顆石頭充當門柱的位置，練習射門。那時他正在勤練側邊踢球的功夫，看似要用足尖踢左邊，實則以側邊帶切射右邊，我就充當那可能猜錯邊的守門員啦。我雖然也會踢一點球，但兩個人這樣踢，實在也難持久，於是先說要休息，接著又跑回籃球場那頭去了。

哥哥球踢得不錯，初中時是班隊的守門員，後來改踢前鋒，在我們當地高工和台北工專時期都是校隊的一員，幾次南下踢大專盃球賽。

我沒家兄的水準，卻也有過一次難忘的足球賽。在補習班當浪人的時候，高中同學小簡有一天在教室外逮到我，約我到桃園去踢一場球。原來個性四海的小簡在另一家補習班，很快就認識了新朋友，其中有一位武陵高中的前足球校隊，不知是怎麼說起的，總之最終是安排了一場和他學弟們現任校隊的友誼賽。人數不足的關係，小簡找了我們。

是個冬天的早上，課當然是不上了，一行人從台北車站搭火車出發。那是我第一次到桃園，還要賽一場球，年輕愛玩，滿興奮的。出了桃園車站，會合了小簡的朋友，十幾個人說說笑笑的穿街而行，然後沿著縱貫公路走到武陵高中。

還未進大門，看到學校操場的那一剎那，我們都像當頭澆了一盆冷水般呆住了。一架直升機正正停在足球場的中央。

原來當天有來自非洲的外賓到桃園參觀「土地改革」，相關場館就在武陵高中附近，東道主的省主席於是將直升機停在學校足球場上。

事前我可能想過球賽踢不成的可能性，但這種原因恐怕連做夢都不會想到。敗興而歸的我們在兩星期後才完成了那場友誼賽，勝負比分種種都沒有印象，只記得有半場球好踢，輕易可以從這方後衛踢到對方球門前，畢竟那是東北風當道的季節啊。

足球的羣體性高，家兄做事以後就沒甚麼機會踢足球了，他後來的運動我也很難想到，保齡球。他上班的地點在桃園龜山一帶，他提早在交通尖峰時間之前出門，打完保齡球再進辦公室。最熱中的時期，扣住球的手指都長繭了。職是之故，常常因高分獲得球館的免費球券。他曾經招待我和孩子們去打球，我已多年未看到他打球，眼前運動的重心從腳換到手，哥哥的身手依然了得。這項運動，家兄一直進行到他公司附近的保齡球館都結束營業為止。

史前棒球

我們那個時代流行一種小皮球，橡膠材質，紅藍兩色以太極圖的方式接在一起，像韓國國旗正中那個圖案，只是紅藍接縫之處是約半公分的白色。在那個物資不充裕的年代，這種球不是人人有，但只要朋友羣裏有那麼一顆，也足以讓眾家小孩子玩個大半天了。我們先是玩傳接球，然後用它玩起棒球。

我們用一截竹筒當球棒，用石塊或者其他替代物當壘包，克難地玩起來。奇怪不知道誰教的，除了本壘，只有一、二兩個壘，所以整個內野呈三角形。一隊需要幾個人，我們從來不清楚，但那也不重要，絕大多數時候根本就沒那麼多人，超過十個人是少見的，六個人分兩隊，一邊三人，投手、捕手加上一壘手就夠玩了。若只有三、四個人，那也能玩，不分邊就是了，投、捕、打者，角色輪流當。裁判呢？不需要專人擔當，通常是孩子頭兼任，胡亂玩一通。固然有時會不歡而散，但大部分的時候倒也玩得淋漓盡致，直至薄暮，尚且依依不捨。電視尚未到來的時代，沒看過正式比賽，我們的棒球常識真是貧乏啊。

一個夏天，我們在村子裏不設防軍營的空地上玩，人手不太夠，一個約略與我同年，平常鮮少與我們玩在一起的傢伙騎了部載貨的腳踏車經過，他說他不會打棒球，待會還得去田裏工作，無法加入球局，但可以看一會棒球怎麼玩，於是他在遙遠的外野豎立了腳踏車，然後蹲在後架上看我們打球。不多久，一個球擊出，往他的方向飛去，只見他迅速站起身子，沒扣上扣子的上衣像鳥翅般展開，雙手如喙，穩穩在腳踏車上接下了那顆球，簡直是特技演出，讓我們驚呼不已。他小學畢業後沒再升學，下田或打零工罷，在我搬離村子前偶爾會在路上遇到，點頭而過的瞬間，總想起他那神奇的一接。

許多年後，我到蘇花公路的和平附近探訪，那是北迴鐵路開通的前夕，我錯過了長途班車，正焦急不知如何回台北，一部停在路邊的卡車司機叫住了我，說他不知道我的名字，但認識我是村子裏養羊那家的人。原來就是飛鳥展翅神奇一接的那位老兄，現在他開卡車南來北往載貨營生，妻子相隨。同村舊識相逢的結果是我受邀一起坐進駕駛艙裏，讓他們順路送到台北，一路上敘了點舊，提起那難忘的一幕，記憶中的主角回說完全記不得了。

小學生時代，最風行的漫畫當屬《漫畫周刊》，大家都記得搶看諸葛四郎和真平、林小弟聯手大戰魔鬼黨、雙假面的情節，其實這本周刊裏還有一個連載漫畫「小棒球王」，主角名叫小馬，大概是日本漫畫移植過來的罷，想必也給了我們一點關於棒球的想像。

小學最後一學期，隔壁班從台北轉來一位林同學，據說是棒球校隊的投手，我們學校只有躲避球隊，只在漫畫裏看過棒球的我，在林和他們班導劉老師於教室外空地傳接球的當兒才見識到真正的棒球和手套的實體是甚麼樣。

上初中後，林和我們同班，他的本領似乎沒有發揮餘地，學校有籃球隊、足球隊、體操隊，卻沒有棒球隊，校內正式球賽也沒這項目。我只在學校看過一次棒球賽，是英語老師在我們班組了一隊與另一班友誼賽。球賽的細節已經沒有印象，只記得英語老師很慷慨，送參與的球員一人一盒剛上市的森永牛奶糖。

其實林在校外滿熱門的，他身量高，會投曲球，在初中二年級轉學離開以前，幾次被社會球隊請去當「槍手」，有一回有人用摩托車來學校緊急召喚，上課中的林還因此請假外出登板哩。可惜，當紅葉少棒開啟台灣棒球熱潮時，林已經進入專科學校了，他仍然熱愛棒球，五、六年之後，我們幾個在台北補習的同學約好到泰山他就讀的學校看他，用完自助餐，他拿出棒球手套，跟我們重溫傳接球。林未能乘上少棒風潮，倒是他的小學班導師還來得及發光發熱，有一年我在報紙上看到他指導的台北少棒隊掃平羣雄拿到全國冠軍的新聞。

我二十年的籃球球友蘇小胖，來自台東成功鎮。他有一天和我說到他們小時候打棒球的事，木棒竹筒小皮球之外，他們還用水泥紙袋做手套。咦，用那種手套接小皮球有比較好接嗎？我提出質疑。「你想像一下，你想像一下，」小胖睜大了牛眼，很激動地說：「我們也有手套耶，手套，重點是手套啦。」

「後來我們也玩到了真正的手套，真正的手套喔。」小胖說，他們知道附近教堂有一整套不知哪裡捐來的棒球器材，負責管理的是一位原住民，他的兒子是小胖的同學。有個無聊的放假日，他們唆使了那位同學偷偷從倉庫裏搬出了那些球具，玩將起來，過了一個興奮的下午。「然後悲劇了，同學的爸爸發現了，跑來海扁他兒子。我飛奔回家求救，我爸爸說，交給我。順手拿了兩瓶米酒，直接到我同學家去，找他父親開喝，解救了我水深火熱的同學。」

從東部的花蓮到台東的成功，綿長的海岸線，中央山是中央山，海岸山是海岸山，太平洋是太平洋，它們恆常在那裏，矗立或者拍岸，時間移動得十分緩慢（啊，我是說我們年幼的時候啦），以至於小胖雖然晚我十來歲，我們關於史前棒球的那部分竟是毫無代溝。

郵票

曾經，寫信是人與人之間重要的聯繫通訊方式。

大概學會寫字不久，有人稍加指點，會寫信封，也就能達成通信這件事了。問題只是有沒有機會寫信罷了，如果你認識的人都住在同一個小地方，寫信徒然浪費郵票，那也就是浪費金錢的意思。

雖然沒機會寫信，但很快就萌發對郵票的興趣了。相信是某個鄰居哥哥給啟的蒙，讓我知道集郵這件事。在那個一般孩子都不太能擁有甚麼的時代，那麼一枚小小的圖像，如果你當一回事，它也就是一回事。

怎麼取得郵票?當然是從家裏收到的信封上找。父母親的信都是從南部家鄉來的,頻率很低,而且常常順手一撕,把貼得太靠近信封頂端的郵票弄壞了,集過郵的人都知道,哪怕是掉了邊角上的一個齒,那郵票也算是毀了。不過我們比較馬虎,一點點瑕疵,也先收著,增加自己那有限的收藏。

當時最常見的郵票是蔣介石總統肖像。還記得一張可能是在國慶或甚麼節日發表文告的半身像,前面有麥克風,票面金額是台幣四角,那正是當時一封平信的郵資;另外一張是總統的大頭像,金額台幣兩角,是印刷品的郵資。這兩張郵票大概是那幾年的發行主力,成為我們集郵小朋友的大宗。當時每逢總統生日,大致都會發行一套郵票,上面的是類如「恭祝總統蔣公七秩晉〇華誕」這樣的字眼。總統肖像而外,印象裏最漂亮的則是一套蝴蝶和昆蟲的郵票,好像也是發行主力,可惜有些較高郵資面額的郵票,不是我們有機會獲得的。

我有一位同學,父親是銀行的主管,所以他有不少漂亮或我們少見的高額郵票,慷慨的他會把多出來的送給我們。我猜想父親辦公室裏或許也會有漂亮稀奇的郵票,但從來沒敢問，因為集郵和許多事在我們家都屬於地下活動啊。

放假的時候小孩子甚麼都玩，玻璃彈珠、圓紙牌……有一回就和幾個鄰居孩子用撲克牌賭起郵票來。玩了一下午，郵票來來回回，拿出來的郵票最後都發捲發皺，慘不忍睹，顯然沒有一個真正的贏家。

就算沒有這絕無僅有的「賭郵票」事件，其實，我們所謂的集郵層次甚低，不過是收集累積郵票罷了。當時雖然從書局和集郵社的玻璃櫃看過集郵冊、郵票鉗、放大鏡等集郵工具，但那畢竟離我們太遠。至於說買整套新郵、首日封，那要大人才做得到吧。等我開始做事，有能力做這些事時，早已提不起興趣了。

開始又收集郵票是有了孩子以後。我的工作裏時常有信件往返，還不乏國外的通信，看到漂亮或有意思的郵票，我會將它們剪下，放進一個中型的信封袋，收在抽屜裏，積滿了帶回家。我買過集郵冊給他們，帶過他們用臉盆裝溫水浸泡還黏著信封紙的郵票，然後將泡開的郵票以正面貼在玻璃窗上，等它們風乾脫落……

也僅僅到此為止，孩子漸漸長大，更多有趣的事情等著他們，遠在伊媚兒取代絕大部分的書信之前，我就不再為他們收集郵票。
有那麼一段時光，也就足夠了。

計算尺與算盤

在計算機（calculator）普及之前，有一種叫做計算尺（slide rule）的東西，大致是修習或從事工程的人使用的。我哥哥考上高工時，父親不知從哪兒拿出來給了哥哥，感覺是壓箱寶貝的傳承意味。那計算尺基座約一尺長，中間還嵌有另一個尺，貼著賽璐珞，兩個尺的邊上都有刻度，滿精細的，還有一個材質像厚紙又像布的盒子上下套著，給人貴重儀器的感覺。

哥哥學會怎麼使用之後，曾經示範演練了一次給我看，但不知怎的，那以後便再沒看到它的蹤影了，不知是用不上還是怎樣？也或許他偶爾也會使用，只是我不關心所以沒放在眼裏？

沒放在眼裏也沒放在腦海裏看得到的地方，完全忘了有這樣的東西，直到近三十年後，從美國一位二戰時期飛行員的回憶錄裏，讀到主人翁從飛行學校畢業時，每個人都獲贈一個計算尺，才拉回那個消失許久的影像。飛行員擬飛行計畫或航圖，計算尺應該是用得上，比有些軍校畢業獲頒的軍刀或短劍實用多了。

計算尺的使用比較局限在相關的專業人士裏，另外還有一種計算工具則十分普及且歷史悠久，那就是算盤。

一個長方形木框（或塑膠框），上下兩欄，上欄一顆珠子（算珠），代表五，下欄五顆珠子（也有四顆的），每顆代表一，多大的數字計算都在一方算盤和拇、食兩指的撥弄下搞定。商店甚至於一般家庭都會有這東西。

我們那時候的國小高年級還有珠算課，一星期一節，上課時得自帶算盤，學校有超大的教具算盤，上課前值日生得去抬來掛在黑板上。我們的珠算老師是位老先生，姓何，很熱心教學，他不憚辛勞，每班都挑選一些學生免費再施課後輔導。曾經挑選到我，但我有點心虛，珠算有別於九九乘法的口訣，我並未認真背誦，考試時都用心算輔助，這樣的成績遲早會穿幫，便以家住鄉下，晚了沒有班車為由推拒了。我們打算盤是慢慢撥，特別輔導過的同學打起來可飛快得令人瞠目結舌。珠算有分級檢定考試，每年何老師輔導的學生都有多人檢定合格呢。

如果進了商業學校，不管是初商或高商，算盤都是重要一門課，且得十分熟練。我們那時候，各校的制服都沒有甚麼差別，多半只能從前胸的學號分辨，但也有其他方法，若是書包旁掛著布套裝著的算盤，那就是商校的，扛著丁字尺的則是工業學校的，農業學校的學生就不能馬上分辨出來了，他總不能扛著鋤頭走在街上吧。

珠算這門技藝，既要精確又要快，最高的層次是不用算盤而能計算，這倒是和高手下棋不用棋盤棋子的境界相當了。

計算尺早就難得一見，（電子）計算機風行之後，漸漸的，算盤也全面隱退。以前商店招伙計，會問會不會算盤，現在沒人會這樣問了。現在的年輕學生當然也沒有珠算課，他們的用語裏可能有「心裏不知道打甚麼算盤」這類的句子，但不知道他們可曾看過算盤？

鋼筆

1

和現在的孩子一樣，我們啟蒙學寫字都是用鉛筆，要到中高年級才改用鋼筆。擁有鋼筆是一個重要階段，可能是那個時代一個成長的象徵。

記得國小時使用的鋼筆牌子叫「俾士麥」，這個以德國鐵血宰相命名的鋼筆，在印象裏滿耐用的。因為對它有信心，我一直到高中都還用它（當然換過好幾次）。

對大部分的同學而言，都只有一支鋼筆的時代，很少人同時擁有兩支以上的，除非家境富裕或特別的情況。譬如參加升學考試，為了預防萬一，便向父兄借來一支，以兩支鋼筆上陣，即使用不上那支預備的，也有加強心理的效果。

國小畢業時領到了兩支鋼筆，這大概是那個年代裏貴重的獎品了。縣長贈送的那一支長得頗秀氣，因此被我視為珍寶，然而上了初中，各校應屆畢業的菁英聚集一堂，一模一樣的鋼筆在班上竟然也有十來支，連上面刻的字都一樣，倒也很具體地體會到「人外有人，天外有天」的意思。另外的一支鋼筆，我還記得牌子叫「馬力生」，才一試寫就漏墨水，完全不堪使用，從此我拒絕使用這個牌子。

用鋼筆，漏墨水自是無可避免，尤其是好動的男生，口袋裡插一支鋼筆，照樣打球跑步，白襯衫口袋底部為中心染開的一塊藍墨水漬便成了常見的風景。

通常，鋼筆最常損壞的部分是筆尖。一個不小心，從桌上掉下來，常常摔到筆尖，不是折利了刮紙，就是凹鈍了讓墨水供應不到筆尖，這時候是最令人懊惱的了，花一筆錢換筆尖是一回事，你可能要花一段時間才能把鋼筆使用到流利順手。

在那個時代，我們那個地方，有所謂「商展」（其實規模倒像現在的流動夜市，只是一兩年才有一次），有一回，我在商展上看到一個人在推銷鋼筆，他用鋼筆的筆尖不斷地朝一個鋁製臉盆上插，刺破幾個洞後照樣書寫，使我好生欽羡。如果當時身上有錢，一定買它一支回去。這大概是我最為尊崇的鋼筆形象了（雖然不優雅），可惜我忘了它是什麼牌子。

因為多數人只有一支鋼筆，沒有備份的，所以在學校裏常常有墨水用罄的情形發生。墨水瓶多半放在家裏，怎麼辦呢？向同學借墨水應應急，由同學把鋼筆尖朝下，擠一滴墨水下來，你用鋼筆的下端（筆尖附近）接受，便又可以繼續書寫一陣子。這補給的動作滿像後來的空中加油。

談到墨水，我們那時常用的是「銀行牌」墨水，大概在台幣三塊五毛左右一瓶；還有一個牌子是「派克牌」，大約是五塊錢一瓶。當時的「派克牌」鋼筆是我們所知最高級的鋼筆，平常人用不起派克牌鋼筆，用一用派克牌墨水，感覺也是爽的。

2

中學時候的某一天，班上有人爭吵，其中有位同學拿出鋼筆作勢要戳對方，雖然被勸開了，卻在我的夢境裏成真。我夢見自己用鋼筆射向同學，正中他的後腦杓，向前倒下去的他，腦袋上的鋼筆仍然在顫動著。

從此，在許多百無聊賴的課堂上，我常常望著前座同學的後腦杓，想像著那顫動的鋼筆和頭髮紋路的關係……

至遲在六〇年代初，原子筆就出現了，但我不喜歡用它。我的字不漂亮，使用鋼筆，因為速度快不了，勉強維持住一個間架，用原子筆那就歪七扭八了，這是我繼續使用鋼筆的一個苦衷。六〇年代末，我進入大學，原子筆已經大為普及，使用鋼筆的人銳減，而我們小時候高不可攀的「派克牌」鋼筆也下了凡，派克鋼筆於是成為我的主要書寫工具。

放棄使用鋼筆是入伍服役時，每天出操，戴用鋼筆不便，便以原子筆暫代。退伍後有一陣子在報社做事，報社提供的稿紙完全不適合鋼筆書寫，我的鋼筆便束之高閣了。

這些年，新式的卡式鋼筆已經替換了過去那種需要汲取墨水的老式鋼筆。有一回，朋友送我一支卡式鋼筆，續寫力強，覺得十分方便。更有進者，一種新式的針水筆，效果類似鋼筆，續寫力更強，用完就丟，價格也不高，遺失了不會心疼，結合了鋼筆和原子筆的優點，漸漸就成為我的新寵。其實原子筆也日新又新，粗細俱全，完全取代了過去鋼筆的功能。

那麼原來的古典鋼筆呢？它幾乎已成為另一種身分的表徵了。更精美的外觀，更高昂的價錢，大概只有在重要的簽約儀式上或者精工剪裁的西服口袋上才能發現它罷。

有一位和我同代，常常緬懷過去的朋友C先生和我談起過一種很老式的、圓圓粗粗的、黑色外表的鋼筆，嚮往不已。後來我有機會去了一趟日本，在東京一家書店的櫥窗裏看到朋友形容的那種鋼筆，心中大喜，想買一支回去。再一看旁邊的標價，竟達數萬元之譜，當下悵然而去。

那是前此我最後一次動念要買鋼筆。

3

沒想到我周遭的朋友中還有人對鋼筆依然一往情深。

我與在中學教書的小說家羅喝咖啡時，不知怎的提到鋼筆。他說他常常使用鋼筆呢，說著從包包裏拿出一個細長的筆盒，裏面是兩支鋼筆。

「這支派克是我父親遺留下來的，我用來寫我的札記；這支是西華，我裝了紅墨水，是批改學生作業用的。雖然許多時候會遇到暈開的紙，但我還是照用不誤。」

現在一般的鋼筆千把塊兩千塊可以買到，羅的鋼筆是墨水管和汲墨水兩用的，他使用後者。至於墨水，則依舊是我們熟悉的派克。小我十歲的羅比我還古典哩。

「我喜歡用鋼筆的時候那種鄭重其事的感覺。」臨別的時候羅說。

我開始想我要不要買一支鋼筆。

輯五

終將遠去的

想像裏，
一個努力前行的追夢人，
當他意識到吾道不孤時，
心中應是溫暖的罷。

台北初印象

十八歲以前，從未到過台北，在東部鄉鎮，這是很平常的事。

那時候影像不似現在這樣氾濫，雜誌裏的彩色照片很少，建築物的圖片更少，除了常看到的總統府、圓山大飯店，難得記住甚麼。我的意思是說那些圖像不足以在腦海裏建構具體的台北影像。抽象的倒是有一些，譬如說，獎券行賣「愛國獎券」，特製的展示玻璃架上，一張紅紙毛筆字寫著「台北獎券」，暗示它比較會中獎；有些食品標榜從台北空運來的，顯示它的新鮮與珍貴；從台北轉學來的同學，會隱隱覺得他們見過的世面多，我們一個初中同學是從老松國小畢業的，嘩，從報紙上都看到過，那可是超過一萬人的學校……

好啦，經過幾次想方設法要參加甚麼活動以便到這夢幻城市一覽盡皆未果之後，我終於被送往台北了。沒考上大學，得到台北念補習班。

小說家林宜澐在他散文集《東海岸減肥報告書》（大塊，二〇〇五）的序文裏提到，台北到台南明明就比台北到花蓮的距離大得多，可是大家都感覺花蓮比台南遠。我想這是歷史的餘緒，從台北到花蓮或反之，在一九八〇年北迴鐵路通車前，它是一天的行程，更別說它的不適和不便了。北花之間以蘇澳為轉運站，以北是鐵路，以南就是艱險的蘇花公路了。更早蘇花公路尚未開通的時期，蘇澳花蓮這段還得搭船。作家方梓的長篇小說《來去花蓮港》（聯文，二〇一二）裏有很詳盡的敘述。

這個第一次到台北的「朝聖之旅」，小小地吃了點苦頭。為了搭公路局金馬號巴士而起早，我還習慣，顛簸險峻的清水斷崖也沒讓我心驚，倒是快到蘇澳的下坡曲折山路讓我吐了，勞動了金馬號小姐遞來萬金油。吐完，下了車身體也就沒事，只影響了自尊心和食慾。下午從蘇澳往台北的火車上，有點委頓，直到車窗外「南港輪胎」

的大廣告招牌掠過眼簾。

直覺告訴我，南港就要到了。我看著車廂兩旁的建築，雖然不是很高大，但屋舍相連，無有田園，果然是重要的城鎮，所以中央研究院才會設在這裏啊。然後高樓開始多起來，還有偶爾看得到的寬闊馬路，南港都這麼大了，那台北不是更大？我開始從眼前的光景為基礎，建構台北的影像和規模。

這時，坐在我旁邊一路都沒發話的中年婦人發話了，她是問我：「台北到了喔？」

「還沒，這是南港。」我回答。

火車開始減速，慢慢地停了下來。廣大的月台，欄杆外面也可以看到大樓。然後，在我的疑惑中，所有的旅客都起身了，連身旁的中年婦人也尾隨大家往車門走，車廂裏只剩下我一個人仍然坐著時，才不得不接受這裏已是此次旅行終點的事實。

台北有從未見過面的幾家親戚，免不了要去拜訪一下。知道我第一次到台北，會說：「台北很大呵。」與其說那是問問我的看法，毋寧說是讓我同意附和的句子。

「不，台北沒我想像的那麼大。」說的是實話，完全沒有要他們吃驚的意思。

鐵絲網裏的風景

七〇年代伊始，剛上大學，我住在和平東路二段三十六巷，常騎單車沿著新生南路到國際學舍看電影。那時候新生大排還看得見，新生南路北向和南向的車道就在大排水溝的兩岸，成列的尤加利是它的行道樹。騎到信義路口，右轉沿信義路往東，是幾方紅土硬式網球場，再過去是棟名為「國際學舍」的建築，旁邊緊鄰的是體育館，這也就是後來留名的書展展場。

在書展之前，國際學舍的體育館對我而言是電影的放映場所，它放映的二、三輪電影總吸引不少像我那樣的學生，記得《卡士達將軍》、《魔鬼兵團》就是在那兒看的。那些年父親一年裏會有幾次到台北總公司來出差，有一回到住處看我，我卻到國際學舍看電影去了。整個大學時期，父親沒再出現在我的住處，那唯一的一次「視察未遇」恐怕就是他對我大學生活的整體印象了。

出了住處的巷口，馬路對面那一大塊街區，是軍營和布滿違章建築的彎曲巷弄，我曾經騎單車試圖穿過那裏到信義路那頭的國際學舍而未果，之後便作罷了。其實我只在那一帶住了一年，搬走後不多久，新生大排便加了蓋鋪平了，我在報紙上讀到一位散文作家對那些失去的尤加利樹的悼念。

七、八〇年代，國際學舍體育館成為台北書展的主要展場，一年幾次罷，是讀者買書的好去處，因為只有這個時候，折扣比較低。我平常會逛學校附近的書店，有興趣的書多半當時就買了，倒不特別仰賴書展，偶然想到，或是同學相約，才會去湊熱鬧。

七〇年代中期一個寒假，念研究所的我去逛書展時，遇見在那裏照顧攤位的W。W前幾年開了一家出版社，沒有特定的方向，但也出了幾十種書。我因故曾經與W有一面之緣，他認出了我，招呼我進書攤後面坐，聊了一會天。後來說到這個展期結束後，緊接著又會有另一個單位辦的書展，問我願不願意和他共租一個攤位來賣書。那時我已經成家，孩子也快出世了，想說忙個十幾天，賺點外快貼補貼補家用吧，便應允了。

我們的攤位除了W的本版書之外，也批了其他出版社的一些比較能流通的書來賣。人力上大致分工合作，輪流看攤，也不會太辛苦，這其中W離開兩三天到中南部收賬，由他弟弟來代班。不知是不是接二連三的書展使市場疲軟了，書展完了後一結算，扣除進貨、代班工資、便當等成本，原先分擔的攤位費用兩千元只拿回來一千九百五十元。W送我十幾本他自己出的書，彌補那區區的五十元損失，我算是白忙一場。那次顧攤之餘，逛書展則是頗為徹底的一次經驗，當然也沒想到自己有朝一日也進入這一行。

之後的那些年，直到國際學舍與整個街區拆除闢建為大安森林公園為止，我還常常在那裏駐足，因為那裏位於我搭公車回家的路上。書展式微了，偶爾也去逛，多半時候則是停下來看人們在紅土球場上打網球。太太好友黎小姐的父親常在那裏打球，有幾次碰見了，他會在休息時走過來，我們便隔著粗鐵絲網打招呼，講幾句話。

現在那一帶的面貌自是與往日殊異而黎伯伯也不在了，但每當經過公園西北角的出入口時，腦海裏還是會浮起鐵絲網裏的風景。

作家老師與非典型學生

作家吳鳴在他部落格文章〈花蓮中學的作家們〉裏頭寫到胡楚卿先生。這位寫詩寫小說的湖南作家，一九四〇年代末期來台之後，輾轉在幾個中學教書。吳鳴寫胡楚卿「因容易和學生親近，影響了當時就讀花蓮中學初、高中部的學生，包括日後享譽文壇的小說家王禎和與詩人楊牧。」他接著敘述五〇年代中，以胡楚卿為核心的學生，陳錦標、楊牧、陳東陽、黃金明等人，編印了一期《海鷗詩刊》，並進而在地方報《東臺日報》裏，以海鷗詩社之名固定每周出刊……。

楊牧的散文〈六朝之後酒中仙〉，則寫到胡楚卿先生鼓舞了他對新文學的信心，也啟發了他對飲酒的興趣。詩人的作文受到胡老師賞識，常有機會到老師家玩。過年前後，胡老師會做臘肉，楊牧去時看老師洗蔥切肉興致高，他就去小店買酒，師生對飲，吃臘肉，談詩。在楊牧上大學之後，寒假也還是會帶瓶酒去看老師，對飲，吃臘肉，談詩，談楚辭。

這兩篇文字，一（應）是研讀歸納，一是親炙，大致勾勒了作家胡楚卿五〇年代至六〇年代初在花蓮與學子的互動。我知道這些事蹟都是後來的事，哦，原來胡老師是這樣的，與我原本對他的印象距離甚遠。

我進花中時，胡老師教我們班歷史。他是高中部的國文老師，為什麼教初一的歷史？如今想來，怕是配課的成分居多。胡老師一向坐在講桌後面授課，表情嚴肅，我不記得他曾經在課堂上笑過。偶有不修邊幅以微亂的頭髮出現在課堂的時候。冬天常穿一襲長袍，因為身材瘦長，顯得飄逸。

胡老師講話帶點鄉音。往後六年，我們得面聆各式鄉音，從國文、地理到公民，連理化和英文課都充滿了輕重不等的鄉音。胡老師那種算是我們比較容易理解的。

那時候學校圖書館的借書時間是在星期二到星期五的午休時段，從高中部、初三順序輪下來。初一是星期五，我們都是便當放著，先去借書，人多，需排隊甚久。星期五上午第四節是歷史課，就公推班長試著去問能不能提早十分鐘下課，胡老師居然答應了。這應該是我們對他較具印象的事了。當時我們已經知道胡老師是作家，因為圖書館就有他的詩集《生之謳歌》和小說《長河》。兩本我都借出來過，前者看不太懂，後者是部長篇，如今已印象模糊了。他還有一本註釋楚辭的書，印得很陽春，是學校發行的，全校師生一人一本。我初一時哪讀得懂，要放到高三才拿出來讀。

很可能胡老師教完我們那一學年就離開花蓮中學到台中去了。他的短篇〈稻草球〉在一九六四年東京奧運時的小說徵獎活動得到第二獎，我們是從報紙上看到的。讀他的一些短篇小說集則已進入大學。近三十年後，一次的文藝界的交流，於出版社擔任編輯的我，在台中遇見了胡老師，唯一的一次。

胡楚卿先生已辭世多年。像我們班這樣的學生，依現在的說法，應該是所謂「非典型學生」，僅略述一段，算是關於胡老師的番外篇吧。

當我們簞路藍縷的時候

「我們搖籃的美麗島，是母親溫暖的懷抱……」，歌我台灣土地與人民的〈美麗島〉是我喜愛的歌曲。最早演唱這首歌的是楊祖珺和胡德夫，我在網路上聽過多遍胡德夫的演唱，現場則只聽過一次，是原住民盲詩人莫那能在一個讀書活動上的清唱。

這首曲折滄桑的〈美麗島〉是李雙澤作曲，歌詞則是梁景峰根據陳秀喜的詩作〈台灣〉改編而成。

陳秀喜女士（一九二一—一九九一），新竹出生，十五歲開始以日文寫詩，與那一代的許多台灣人一樣，得在成年以後開始學中文，較特別的是她中年之後以中文創作現代詩。詩的內容關心婦女與傳統議題，同時也關心這塊土地的歷史與未來。除了詩作，陳女士並以個性豪爽、熱心提攜文壇後進知名。

近讀詩人向陽的《寫字年代》（九歌，二〇一三），以曾經「影響、啟發、鼓舞」他的二十四位作家的手稿和故事，呈現他「存在於一九八〇年代的文學經歷、師友因緣」。《寫字年代》最後一篇〈美麗島的玉蘭花〉寫的就是陳秀喜。向陽學生時代即認識了陳秀喜，時有過從，寫她的創作和曲折的人生，文字充滿感情，讀來讓人對陳女士有一個鮮活的印象。

一九七〇年代初，我在大學就讀，同時也嘗試寫作，怕稿件退回來後在宿舍流動示眾，一位僑生同學的好意，讓我繳一點錢，加入他們多人合租的校內郵局信箱。有一個暑假終了回學校，從信箱收到一張明信片，是「笠詩社」的聚餐通知，地點後面註明是陳秀喜女士住家。受到這樣的邀約，我想應該是與前一期在《台灣文藝》發表了三首小詩有關，會不會《台灣文藝》的詩園地是由「笠詩社」編輯？

那是我第一次知道陳秀喜女士的名字，可惜無緣一見，看到明信片的時候，詩社的聚會已經過去一個多星期了。我一直留著那張明信片。當時我還未認識甚麼文友，那可是我第一次的文藝聚會邀請卡啊。倘若我參加了那次聚會，可想見會遇到陳秀喜女士與多位台灣文壇重要的詩人。

如果我有幸去了那次聚會，後來會繼續寫詩嗎？應該是不會。能寫點詩是一回事，成為詩人又是另一回事。不是所有在地球上的外星人都是來自同一個星球的啊，至少詩人的與我們的就不一樣。我總覺得詩人必定是來自一個遙遠而美麗的星球同時又以極佳的姿態融入地球，要不然他們如何帶來許多美妙的思想和意象？

回到〈美麗島〉。我一直記得莫那能演唱前微笑地說：「我曾經和李雙澤說，當你們『篳路藍縷以啟山林』的時候，也就是我們族人顛沛流離的時候。」

我查了一下，歌詞裏的「篳路藍縷以啟山林」應該是改編時加上的，陳秀喜的原詩〈台灣〉並未有這一句。

遇見

1

小汽車沿山腳路上蜿蜒行走時，我開始有一些郊遊的感覺，那是一個原應上半天班的星期六近午。開車的是王桑，作家，我昔日的同事；助手席是王桑的先生詹桑，他才是現在公司裏的同事，精確地說是上司。我們三個人要去拜訪一位小說家。

我們和小說家都不熟，我和王桑在報社工作時在幾個活動裏跟他有幾面之緣，詹桑則沒見過。人不熟沒太大關係，我們都對這位小說家的作品滿熟悉的，不久前，他還在我們公司出版了新的小說集。小說家這幾年沒上班，遠離市廛，半隱居地在鄉村專事寫作。

我們必定是在穿鎮走村的某處小市集用過午餐，方按址尋到小說家的居處。出乎意料的，竟是一棟古舊的磚牆瓦屋，傍著荒蕪的田園，看似久無人居的模樣，幸而主人聞聲出來，解除了我們短暫的躊躇。

幾年未見，小說家風采依舊，少言如故。這屋子是他一個好友家祖傳的舊居，朋友全家已經搬遷到附近鎮上的新居多時，空置的舊厝就借他使用。小說家赧於讓我們進入斗室罷，在庭前站了一會，就走到外面的園子。我們多半的時候就像在鄉村小路上徐行交談，只是都未步出園子。即使彼此不是那麼熟悉，但談小說，談文學，甚至談文學的出版，再加一點文化圈的小訊息，還是度過了滿愉快的午後時光。

臨別，我們還從車上抱出兩疊出版社特別為作家印製的稿紙給他。小說家送我們到車旁，欲言又止了一會，終還是開口說：「謝謝這麼遠來，你們是怎麼知道今天是我的生日？」

喔喔喔，尷尬了，我們完全不知道，顯然只是撞上。

2

一年後，小說家結束了鄉居生活，回到台北。有一天，約了他在出版社碰面，然後我開車載他到一處餐廳喝咖啡。在車上，我們的交談只像蜻蜓點水，音樂匣的卡帶正播放著披頭合唱團的音樂，一首過一首。當來到〈Paperback Writer〉的時候，突然，小說家跟著音樂大聲唱了起來。我看了他一眼，有點吃驚。唱了一段，小說家才停下來，望著前端說：「十七、八歲時，我曾經組過一個Band呢。」

對小說家過往知悉甚少的我，或許是因為他這個偶然的、短暫的年少場景的重現，即使在接下來喝咖啡的時候我們並未對披頭或其他音樂再著一字，談話卻因此而融洽許多，感覺像熟朋友了。

3

小說家完全不是〈Paperback Writer〉歌詞裏所唱「動輒近千頁，要再多，一兩周可以趕好，你若喜歡，我還能繼續掰，要改動也成」的那種作家。當時只發表過兩本中短篇集的小說家，那以後多年，作品不算太多，但也創作出多部長篇小說，獲得很好的評價和榮耀。未若日本或英美的圖書一般是先出精裝本再依市場出平裝本，台灣大多數的圖書是直接出版平裝本，但這平裝本的封面和內頁紙張都比較講究。

因此，小說家是 Fine Paperback Writer 吧。

裝備顧問

許是我很早以前在報社工作時的同事，負責我們那個副刊性質部門的美術編輯事宜。

美術本行不用說，那是他的專業，深得我們的信賴。不知是不是文科出身的編輯、記者，一般都不熟悉一些器物，還是許難以形容的說服力，我們對許在工作上的信賴不知不覺間便延伸到工作之外的事務上了。比較常見的是誰想買台相機，誰想購買一組音響設備，都會去請教他。他聽音響、玩相機比我們早，恐怕還加上對這類功能細節的高度興趣。許會和你當面坐下，了解你的需求你的狀況。聽完，輕咳一下，不疾不徐地分析它們的特質，提出他的建議選項，你於是上了一課，心中有譜，自己去購買時就有底了。

許對很多器物常常是我們的先驅，大家都開玩笑說奇技淫巧之事問他就對了。可能是我離開報社去編雜誌的時候，有一個假日，到他家去談雜誌美術設計上的事。事先通電話約時間時，他最後加了一句，帶你們家小朋友來。我帶的是念幼稚園的小兒子，公事很快談完，正事上場，原來他要我們看動畫。當時家用錄影機和影帶已經流行好幾年了，可是許為求影像質感，放的是影碟。那是我們第一次看宮崎駿的作品，《天空之城》，小兒子看得目不轉睛，長大了的他還記得這件事。

我的第一套音響出自許的建議組裝的，包括他送我的功能正常的舊擴大機。單眼相機我退伍前就買了，我尚未認識他，他建議的是我們家的第二台相機，那時候我們在一家出版公司二度同事。

大兒子十一歲了，我想買台相機給他，或許可以讓他建立一項興趣。小孩子嘛，先用複眼相機就行了，我這樣和許說。許在圓形鏡框後露出他神祕的微笑，建議我買一台拍立得相機。許是這麼說的：「想像一下，你家小朋友一按快門，吱一聲，相片就出來了，他看著它慢慢顯影，只要十幾秒，一張彩色照片就活生生在眼前呈現，多神奇啊。」

許講話是他向來的平聲靜氣，可是感染力好強啊，我彷彿看到了大兒子驚奇發亮的眼神。我接受了許的建議，很快地發現那「驚奇發亮的眼神」原來是自己的，說是買給兒子的拍立得，大人我倒先玩將起來。

職場上總免不了要流浪，我和許轉職到不同公司後還時有往來，不外是請他幫我們設計封面或相關美術甚麼的。許勇於使用新產品，他算是很早就使用電腦來輔助美術設計工作的人，他自我調侃說，趕快熟練電腦，免得老了手發抖，畫不了直線。

這都是我們還年輕時候的事了，我和許也久未謀面。不久前，我和一位紀錄片導演見面吃飯，不知怎的忽然提到了許，他說他買過幾個東西曾經請教過許。這位導演以前也和我們在同一家報社上過班，雖然不同單位，認識也不意外。生活裏總會有這個那個值得信賴的朋友提供他在行事物的建議，沒想到許的影響力比我想像的廣闊。

我和導演都不知彼此買了甚麼，提到許的時候，我們正要起身離開，於是就約好了下回見面相互交換我們的購物使用心得。

洗澡

關於洗澡時候的社交、密謀，甚至於流血暗殺，以古羅馬為背景的歷史片或美國的幫派電影所在多有。前一陣子還流行說，「喬」事情最好在三溫暖，大家裸裎相見，機關難藏，以免遭錄音舉發。

洗澡是大題目，足以寫一本文化史的專書吧，我只能寫一點在軍隊裏洗澡的事。

當過兵的人大概很難忘掉第一次的洗澡經驗，那當然是一次震撼。在成功嶺的第一天，理了光頭，換上軍裝，在眾班長的呼呼嚇嚇之下，像一羣鴨子被趕到東趕到西……然後在傍晚時分脫下外衣，只穿寬大的草綠色內衣褲，帶著盥洗用具被帶到連部所屬的水池。一聲令下，讓我們在三分鐘之內洗澡完畢。自從意識到有個人隱私這件事之後，洗澡都是一個人進行，在別人面前裸露全身是絕無僅有之事。前一分鐘還在想這要怎麼洗？命令發出後便沒了多餘的思考，跟著所有的人用最快的速度剝光衣服，衝到水池邊舀水便往身上沖，一塊肥皂從頭打到腳，再舀水……三分鐘你要完成這麼多的動作，班長還在一旁喝斥兼倒數讀秒，甚麼赤身露體的羞恥心，在那一刻通通丟到九霄雲外去了，洗淨與否不論，你只想和大伙兒一樣草草洗完，不要被抓到隊伍面前當反面教材出洋相。

軍隊裏講階級，日常管我們的士官班長，其實有的也才熬過新兵和士官班訓練，年齡和我們相埒。有一回，我們幾個人受命到連部浴場水池端水回來清洗水泥集合場，一進浴場，看到角落那兒一個人在洗澡，原來是一位班長，這些班長也是在此洗澡，只是他們會挑選沒人的時候。那位平時對我們斥喝最凶的班長一時之間有點尷尬，稍微挪動身體的方向企圖背過我們。我們當然不動聲色，趕緊舀了水出去，免得麻煩上身。到了連集合場，把水一潑，幾個人都哈哈大笑起來。真的，剝下「虎皮」，那傢伙不就像是鄰家那位屌毛還沒長齊的小弟弟嗎？

受完訓回家，以前洗澡前會刷刷澡盆的，現在都免了，能夠從頭到腳好好洗一遍澡，還有熱水，天堂堪比。到了學校宿舍，澡房雖有隔間，但門簾早不知去向，經過軍營洗禮，冷水，裸裎都不以為意了。

隔了多年，學業修畢，我得重新入伍服役。這回在南部，雖然還是從基礎教育開始，但畢竟不是昔日的菜鳥，心情上因而有了點餘裕。

兩個月受訓途中，遭遇到颱風嚴厲的襲擊，營房還好，但有一個連的澡堂被吹得殘破不堪。澡堂尚未修，但澡還是要洗的，偏偏那地方是師部幾位文書女職員下班騎車必經之處，是有人鼓譟還是怎樣？師長在全體部隊面前大發雷霆，將參與沒參與的我們狠狠刮了一頓。

說在羣體中，特別在當兵的時候，男人們會做出平時有禮而不為之事，其實這未必是男性專利。被師長狠刮之後不久，一個傍晚，我們正在洗澡時，一輛十輪大卡車從牆外駛過。我們連的澡堂未受到颱風肆虐，但它在高牆和屋頂之間有條近一公尺高的空間，高高的卡車上可以一覽無遺，一羣穿軍裝的女性高聲大笑大叫起來，據說她們是康樂隊的隊員。記得有位仁兄自我調侃說：「我們失身了。」

最近在日本女作家邊見純（暫譯）的《男兒的大和》裏讀到一段洗澡的事，略述分享。日本帝國海軍史上數一數二的戰艦大和號，在太平洋戰爭時期，曾長期碇泊在赤道附近的特魯克環礁，那兒一星期有兩三回，雨季則幾乎是每天都有驟雨來襲，這是艦上官兵所期待的。

遠遠的水平線上黑雲湧動的時候，即使在操練中，甲板軍官也會下達號令：「驟雨將臨，全員準備。」

於是官兵在歡聲雷動中，脫光衣服，拿起肥皂和毛巾，登上所有的露天甲板，準備迎接瞬即到臨的狂風暴雨。

想像一下，近兩千位赤身裸體男兒站立的壯觀場面。

私披頭流水帳

0

聽甚麼音樂？哦，我都是不由自主聽到的。在東部小鎮和附近鄉村生活的二十年間，曾經來過三部轟動一時的歌唱片，《桃花江》、《真善美》和《梁山伯與祝英台》，電影放映時間最多兩個星期罷，可它的歌曲會流行好幾年哩，走到哪裏都聽得到，無所逃於天地之間。

無所逃的還有我們家和鄰居家的兩張唱片。我們家的唱片只有一張，日本歌曲，是父母親在聽的，幾年下來我們都會哼它的旋律了，瞄過唱片封套，看不懂。多年後，在台北的電視上聽到歌星演唱〈幸福在這裏〉，好熟悉喔，原來就是從我們家那張唱片的第一首歌曲翻唱來的。

我們家的唱片在父母親房裏，聲音通常很小。鄰居家的屋宇明明與我們家廚房相距超過二十公尺，卻是如雷貫耳，因為他們把一個音箱掛在面對我們家方向的門梁上。這可能是他們常在菜園和敞開的門廳內外活動之故。唉呀，難道那個時代都是一家一片嗎？那幾年鄰居家只放送的這張是謝雷的專輯，主打的可能是〈苦酒滿杯〉，其他還有〈愛你入骨〉、〈曼莉〉、〈阿蘭娜〉等等，有一首歌不斷有「我們的國旗，我們的國旗」這樣的歌詞，我想，流行歌曲裏也夾著愛國歌曲嗎？要一陣子之後才明白那是「我們的過去，我們的過去」。

自己開始聽流行音樂始於高一時同學推薦並借我的一張唱片，蓓蒂·珮琪的專輯，有〈田納西華爾滋〉、〈I went to your wedding〉、〈Detour〉……那張。一個寒假聽下來，不熟才怪。我後來聽得不多，到我離家的幾年間，我們家只添了兩張哥哥買回來的唱片：西部電影經典歌曲和強尼・荷頓專輯。

我那時候也沒聽過白潘和保羅・安卡的歌，卻知道他們的大名，很奇怪都是從小說上看來的，而且不只一次。我看過的幾本小說會出現男女主人翁互相問對方聽甚麼或者類似的對話，然後就會出現白潘和保羅・安卡的名字，想必他們曾經是年輕男女的最愛？

後來我聽披頭。

1

我聽披頭合唱團的歌很晚，六〇年代末，他們都要解散了。剛進大學，住在父親服務公司提供的學生宿舍裏。我下鋪讀台大植物系的黃君有一台手提電唱機，於是日常生活裏有了流行音樂。我們聽西洋歌曲排行榜匯集翻版的唱片，那時最流行的是

「學生之音」，不知出了幾輯。記得黃君最初擁有的那張A面第一首是瑪麗・霍普金的〈Those were the days〉，披頭的〈Hey Jude〉也在這張唱片裏。

「嘿，裘……感到痛苦的時候要撐住，但也不必把整個世界扛在你的肩上……一切會越來越好……」

第一回聽披頭的歌曲，但我對他們不會太陌生。他們成名之後，唱了甚麼，去了哪裏，造成怎樣的轟動，報紙都有報導，那些新聞斷斷續續的貫穿了我們中學六年的日子，只是沒甚麼機會聽到他們的歌聲而已。

2

〈Hey Jude〉以後，我又聽了一些披頭的歌，〈Yesterday〉、〈Let it be〉、〈The long and winding road〉還有藍儂單飛之後的〈Imagine〉等等。很快的，已經進入卡帶的時代了。

年輕的時候生活波動大，畢業，教書，再念書，結婚，當兵，找工作……大多時候是沒有唱機的，也沒養成常聽音樂的習慣。

三十幾歲時，偶然成為一家小唱片行的小股東，不負責經營，只管以九折去消費，朋友裏有不少達人，於是兩三年的光陰，補聽了許多西洋流行音樂，也跟著朋友開始聽羅大佑、潘越雲、蔡琴……。

那時候，做著編輯的工作，又搬遷到郊區，開汽車來來回回，養成了開車時聽音樂的習慣。四十歲生日，作家朋友張大春送我一套十幾二十卷的披頭全集卡帶，大概聽了大半年才逐一聽完。我喜歡的還是他們後期那幾卷，可能是與我青春時期相連結的緣故吧。

第一次全家到歐洲旅行，只去法國和義大利兩個國家，印象裏沒聽到甚麼音樂，最後幾天在羅馬附近，有一個下午在小鎮奧西達海邊逛，突然熟悉的歌聲從海灘浴場的擴大器傳來，是〈Hey Jude〉，我最初聽的披頭。這讓我駐足了一會，孩子們問我在做甚麼，我不知怎麼回答。過了一會，我說，來來來，我來同時抱起你們兩個，以後大概就抱不動了。

我聽的披頭，孩子們是不聽的，他們自有他們的喜好，他們的音樂，他們的偶像，王傑，楊林……有一次，全家回南部家鄉，一啟程他們就把準備好的卡帶塞進車上音樂匣。於是來回十幾小時，一遍又一遍，都是張學友的《吻別》。

孩子漸漸成長，從 Walkman 開始，加上擁有自己的房間之後，我就不知道他們聽甚麼音樂了。這很正常，我父親從來也不知道他的兒子聽甚麼。

3

多年前，在路上看到一個人的白色T恤背面印著「You may say I'm a dreamer, but I'm not the only one」，那正是藍儂〈Imagine〉的名句。是的，一個沒有天堂沒有戰爭沒有宗教的和平世界固然難以追求，「你會說我做夢，但又不是只有我這樣」，想像裏，一個努力前行的追夢人，當他意識到吾道不孤時，心中應是溫暖的罷。

披頭的歌有不少像〈Imagine〉這樣，在優美的旋律中，帶著逆境裏追尋向上的意義，〈The long and winding road〉也是。「漫長曲折的路，引領我到你家門（目的地）」，愛情，志業，人生，或也相同，但願識者終有領會。

前幾年，我們看顧孫子一段時日，哄他睡覺時常用的就是〈漫長曲折的路〉。我想，他將來聽披頭的機率應該很低，現在也影響不了他，純粹只是搖籃曲罷了。

4

關於披頭，一個很容易記憶的年代框架：

一九四〇，約翰．藍儂出生。

一九六〇，披頭合唱團成立。

一九七〇，披頭合唱團解散。

一九八〇，約翰．藍儂身亡。

藍儂離世了，披頭合唱團還有人在。二〇一二年倫敦奧運閉幕演唱會的壓軸就是保羅．麥卡尼演唱〈Hey Jude〉。那個拖很長的結尾還在電視機裏迴盪時，台灣時間已經是深夜了，我一個人在南投水里一家民宿客廳裏聽著，四野寂寂。

他們的音樂，我想會活很久。

路很夭壽，但貓喜歡我

近十年前的事了，第一次去這家小書店。

先是綽號「磁磚」的朋友還是誰提過一回，後來又在哪一個部落格看到比較詳細點的格主親歷記，於是就循線去探訪了這家位在永和的書店。是小書店，但比想像的大一些，以文學人文書為主，大約可以看出主人的喜好。話說回來，開這種夢想店鋪的總是有類似特質的人吧，只是成功與否還需要其他的條件就是了。書的組成滿像我書房的兄弟參差加強版，店裡有桌椅可供坐著閱讀，最貼心的是有很多小板凳供你坐著巡視書架最下面那兩排書。

後面有間咖啡室，據說到了晚上會變成演講、導讀等等讀書活動的場所，這就比單單賣書有了更多的任務。後來看它的作為，是有參與社區、深入社區活動的意思。瀏覽了一陣，挑選了幾本合意的書，我走到後面點了杯咖啡。

有貓，在喝咖啡的時候突然跳上來坐在我的腿上，牠顯然不畏陌生。起初我有點不安，但貓若無其事的樣子，使得我平靜了下來。然後我開始在腦海裏尋思有關貓的記憶，上次和貓這樣親近是多久以前的事了？

很短暫的時光，少年時候我們家曾經有過一隻貓。那是鄰家的母貓生了一窩分送而來的，記得還以慣習的一包白砂糖回了禮。這隻小貓咪最終由我餵養，因為白天家裏人都去上班上學，僅母親和我這沒著落的浪人在家。到了晚上，也唯有我獨自占有的地板房間開著的氣窗能讓牠自由出入。我和那隻貓相處的時間並不長，幾個月後，離家到外地補習的我，有一天接獲妹妹的來信說那隻貓失蹤了。

回到那一天小書店的情景。有書的地方還真是適合貓族起居啊，為甚麼？純粹是偏見，夏目漱石《我是貓》裏頭那個「我」，不就悠哉悠哉地俯仰在牠學者主人的書齋客廳裏嗎？牠還時時聽著主人各式各樣的知識份子朋友胡天胡地的哲學論辯呢，或者說是聽那些人類大放厥詞也行。如今，眼前這隻貓在書堆與咖啡香的一方天地裏，可以搖尾不甩施施然而去，也可以——喏，就像這般——跳到我腿上趴著，瞇起眼假寐，興許還當我是可以撒嬌的對象？

慢慢地喝完咖啡，很意外我與這家小書店的邂逅，焦點竟是已經陌生許久的貓。

「這貓喜歡我哩。」

「牠對許多客人都這樣。」店主人微笑說。

這是當然，很明白的事。但我喜歡這樣的感覺啊，所以回家之後，在與叫做「磁磚」的朋友敘述我的書店之行時，我又不無得意地寫道：「貓顯然喜歡我。」

那時候，小書店在一條巷子裏，夭壽，中永和的馬路還真不是普通的不規則，連我這方向感頗好的人都多跑了一些冤枉路。現在，書店已經搬遷新址好幾年了，還是在一條巷子裏，不過，在六線道大馬路上的捷運站旁邊，容易找得多了。（今年，書店又搬了新址。）

貓族也還在書店裏倘佯。

想起貓以及那些記憶裏的事，或許有惆悵，但還是令人安慰的，因為現實種種往往讓人難過和憤怒啊。

貓的身世

曾經在小書店裏與貓邂逅，自己給了個說法是「貓喜歡我」，沒想到竟是我們家後來一連串貓緣的徵兆。

有一天，兩個兒子約了住在城郊社區的我們到新店鬧區吃飯。大兒子小安秀出手機裏的照片，很可愛的小貓咪，他新養的。緣由是他的一位朋友K小姐是位愛貓人，得知一隻流浪貓正產下一窩小貓，她自己已經養了三隻，沒有餘裕再添加了，便說服小安去領養了一隻。

自小到大，沒養過寵物的大兒子，在簽下不得棄養的切結書，又帶到貓狗醫師診療打針後，喜孜孜地開始了與貓相處的日子。隔一個多月，兩個兒子和我們一道回鄉過年，他們一路上翻著一本書不斷地哈哈大笑，原來是《貓奴籲天錄》。顯然他們已經融入養貓人的世界，心領神會了。這是我第一次知道「貓奴」這名詞，在這之前我只聽過「財奴」和「某（妻）奴」。

小貓咪是很普通的虎斑貓，因為膽小，所以取了期許的名字「勇氣」，眼睛有點鬥雞眼的樣子，看來傻傻的。然而有一天，傻傻的勇氣竟趁著小兒子小力下班回家開門的空隙，溜出了位在公寓三樓的居處。發現時已經過遲，勇氣不知跑哪兒去了。兄弟倆找了一晚未果，接下來的幾天，來了許多他們的朋友，幫忙在附近的巷弄裏搜尋，還是杳無蹤影。

那陣子我在東部工作，從小力的部落格上多少可以看到他們尋找失貓的行動和心情。大概是第三天罷，遍尋不著後，小力留了一段話：「勇氣，肚子餓了記得要回家。在路上走動要注意車子，看到別的貓咪不要理他們，不可以跟他們打架，下雨了要找地方躲。這個家永遠是勇氣的家，隨時歡迎你回來。」

貓緣未滅罷，多虧他們在附近張貼了「尋貓啟事」，走失一星期後，接獲一通電話，勇氣現身了。其實這些天勇氣就生活在同一條巷子，一戶做資源回收的鄰居家裏。

尋回後的勇氣，又洗澡又送醫院檢查，過了一兩個星期才恢復正常，依然膽小如故。不久，「大福」來了。

也還是K小姐，我後來在她的部落格看到圖與文的敘述。她在家門口看到一隻遍體鱗傷的貓，顯然是一場街頭大戰後的結果。充滿愛心的K小姐為牠延醫治療，抱牠回家，一直養到大致痊癒，才替牠找家。不知是否有「遊說」這般的過程？結果是小安有了第二隻貓。

大福的毛色以米白為主，帶一點點淡咖啡色，雖然我完全無法聯想，但大兒子說好像被稱為「大福」的日式紅豆麻糬，因此給取了這樣的名字。大福眼睛明亮銳利，有幾絲波斯貓的神情。動物醫生研判比勇氣約大一歲的大福，自小行走江湖，體型雖小，但悍氣在身，生活裏，體型比牠大一號的勇氣還得讓牠幾分。

過了三年多有貓的生活，大兒子換了個工作必須到國外去，於是貓順理成章托養到我們這裏。等一等，為什麼不是那個貓走失時寫出感人溫情喊話的弟弟小力？無他，這幾年裏，小力結婚另立門戶，而且他們的新巢也很快就失陷給流浪貓，貓緣開枝散葉，已經養了三隻了。

這就是我們家陳大福和陳勇氣的身世。

至於我們，比較容易敘述。貓是不是真正喜歡我很難講，看起來也不是那麼重要，反正最終我們都無可避免地成為貓奴就是了。

輯六

私影記

很多生命中的細節可能是未來遭遇或是作為的萌芽，
只是或隱或顯，
或者做時未自知，
事後才明白罷了。

從荒亂到墮落

在我年少，娛樂是那麼貧乏的時代，帶來憧憬和幻覺的電影，讓人著迷甚至讓人著魔，一點也不意外。因為著迷，我做了許多簡直是著了魔也似的事。

最早的一件是《荒城之月》事件。父母親要去看《荒城之月》，哥哥和我得留守，看家並照應弟弟妹妹。這其實應該不是第一次了，可不知怎的，七、八歲的我那個晚上執意要跟，那時候的我根本不知道《荒城之月》是甚麼碗糕啊，只要是電影就好啦，哭鬧著纏了好久。結局是我被痛打了一頓，大人們失去了好心情，同時也錯過了放映時間，最終誰都沒看到這部電影，這顯然是在我幼時的負面成就裏添了一筆。

另外一個就是《亂世佳人》事件了。

《亂世佳人》的同名原作 *Gone with the wind* 中譯名叫做《飄》這件事，常在我閱讀過的小說或報章雜誌上出現。高一的時候曾經從圖書館借了瑪格麗特．密契爾的這本小說來看。升高三那年暑假，電影《亂世佳人》來了，這樣的一部名著名片怎麼能錯過呢？可是我沒有錢買電影票。那時候對影片的認知是「稍縱即逝」，即使鮮少的影片能「捲土重來」（那是戲院對老電影重映最喜歡用的宣傳字眼），也不知會是哪年哪月。煎熬了兩天，眼看再一兩天就要下片，情急之下，我把用了兩年的手錶拿去當了。

我看了《亂世佳人》，還過了一個多星期「富足」的生活，然後是接下來的忐忑日子。穿短袖的夏天是要如何掩飾光溜的手腕呢，所幸是多慮了，家裏沒人注意到這件事。

那個年代，一只普通手錶雖然不能說多貴重，但也並不是人人都有的。少數知道這件事的同學阿門是軍人子弟，就沒有手錶，他在接近一個月時提出一個建議。手錶當了一五〇元，預扣了一個月的利息十五元，實拿一三五元，阿門向他已經做事的哥哥借一五〇元贖回這只手錶，暫時變成他的。他同時承諾，任何時候我都可以用一五〇元換回那只手錶，這樣就免去了不斷增加的利息，同時也免去了三個月後死當的後果。

我們家住在鄉村，方便養羊賣羊奶的副業，養羊的工作細瑣繁雜，我們平時在課餘時間都要參與，但放羊的工作則是雇請長期的工人擔當。因為升高三了，那年暑假只放一個月假，正好遇到家裏的工人辭職，所以才剛放暑假，我就得頂替上陣。放羊這種事常會碰到，但時間從來沒這麼長過，那回接續的工人直到我的假期結束了才找到。近一個月裏，我日日帶著便當和水壺，把二十幾頭羊趕到山上去放牧，自晨至暮。常常一整天在山上都見不到一個人影，真是一個孤獨的工作。

我把那樣的經驗與感受寫成了一篇說山在嘲笑不能吃苦的年輕人的小說，借用了蓓蒂．佩琪的歌名〈嘲笑的山〉，發表在聯合副刊上。領到的稿費，換回離開四個月的手錶足足有餘了。

說的帶點得意，究其實也還是另一筆負面成就，我只能說都是電影惹的禍。

成年的好處之一是看電影變得容易，我有十幾年的光陰，常常流連在電影院，甚至還有幾年看電影成為工作的一部分。

隨著電影在生活中的比重漸漸降低，那股看電影的熱情逐漸稀薄。我的孩子年少時，要帶他們去看電影，他們會先問是甚麼電影，然後還得不和他們喜愛的電視卡通時間衝突，這才決定要不要跟。新的時代裏有許多迷人的東西可供選擇，電影只是眾多選項之一。

而我自己對進戲院看電影也慢慢地荒疏了。前些時候和兩位朋友見面，那天談話的主題是電影，新見面的朋友突然問我最近進戲院看了哪些電影？嘿，數了數，少得心虛哩。其實，更早的十幾年前，一位久未見面的影評作家朋友已經在電話裏宣稱我「墮落」了。

如今看來，那時候會那麼執著，那麼不計後果的「荒」「亂」事件，是多麼令人懷念啊。

一九六七年的電視影集

那一年為了上補習班初次來台北，借居在叔叔家，叔叔家有一台大同電視機（沒錯，就是有附送大同寶寶那種），剛接觸電視的關係，免不了有些震撼和沉迷，但一個前途未卜的「浪人」，花太多時間看電視也還是會感到有些壓力，便選擇每天晚上只看一個鐘頭影集。

那是只有一家電視台的黑白時代，至今，我還記得一九六七年秋天大部分電視影集在播些甚麼。

星期一，《打擊魔鬼》（*The Man From U.N.C.L.E.*），勞勃・彭恩、大衛・麥克

隆主演，影集原名好像是一個機構的縮寫；星期二《黑白雙雄》（*I Spy*），片頭是一黑一白主角在打網球，黑人明星就是後來在八〇年代以《天才老爹》大紅大紫的比爾·寇斯比；星期三忘了；星期四《飛堡戰史》（*Twelve O'clock High*），勞勃·藍辛主演；星期五《藝海龍蛇》（*The Baron*），史提夫·弗伊斯特主演；星期六《七海遊俠》（*The Saint*），風流倜儻的賽門·鄧普勒由羅傑·摩爾飾演，羅傑·摩爾後來演出多部〇〇七電影裏的龐德而更廣為人知；星期天《法網恢恢》（*The Fugitive*），大衛·強生飾演被疑殺妻遭通緝卻四處追尋真相的醫生，每一集都在他以醫術救人後，在追捕他的警探到臨的千鈞一髮之際，驚險逃脫，繼續踟躕在逃亡的路上。這個影集的結局我沒有看到，聽說為了因應不同國情而有兩種相異版本。《法網恢恢》九〇年代拍了電影版《絕命追殺令》。星期日的傍晚還有一個半小時的家庭影集《小英雄》（*Live It To Beaver*），另外還有《聯邦調查局》（*The F.B.I.*）和《沙漠之鼠》，後者由克里斯多夫·喬治主演，忘了在哪個時段了。

我最喜愛而不會錯過的是星期四的《飛堡戰史》，描述的是二次世界大戰時期駐歐的美國第八航空軍，他們乘坐傳奇的四引擎飛行堡壘 B-17 轟炸機，從英格蘭的東安哥利亞起飛，轟炸歐陸的戰略目標。勞勃・藍辛演九一八轟炸大隊的大隊長（影集的後半，改由保羅・柏克飾演），他和一位醫生，一位機工長等是固定角色，加上每集會出現的新角色來演繹生死存亡間的人性故事。

《飛堡戰史》改編自一九四八年出版的一部小說，賽・巴特雷和小貝尼・賴合著的 *Twelve O'clock High*。一九九〇年代，曾經在第八航空軍擔任領航員的哈利・克羅斯比在他的戰時回憶錄《飛堡戰紀：一〇〇轟炸大隊血戰史》（*A Wing And A Prayer*）裏提到看過作家小貝尼・賴到訪他們部隊，小說裏的九一八大隊顯然是以他們血跡斑斑的一〇〇大隊戰史為藍本。

《飛堡戰史》（*Twelve O'clock High*）影集之前，早在一九四九年就有電影版本，亨利・金導演，葛雷哥萊・畢克演那位大隊長，電影中譯叫《晴空浴血戰》。

關於第八航空軍 B-17 轟炸機的電影，九〇年代初還有一部《英烈的歲月》（*Memphis Belle*），是敘述第一個飛完二十五次轟炸任務然後可以光榮回國的「孟菲斯貝兒」號機組的故事，這些年不斷地會在電視頻道上重播。「孟菲斯貝兒」號機組的故事其來有自，遠在一九四四年，好萊塢名導威廉．惠勒就為美國陸航軍拍下了紀錄片，片名就叫 *Memphis Belle*。

電影夢

開始到試片室看電影，是七〇年代中還是研一學生的時候。同學曾西霸已經出版了他的影評集《談影論戲》，且是中國影評人協會的會員，影評人協會看的主要是即將在戲院上映的新片，他覺得可能不錯的片子，而且時機湊巧，就會「夾帶」我們去試片室觀影。

另外一組人馬也常在試片室看電影，他們是廣告業界的人，看的多半是過去錯失的名片。印象裏是星期六，他們通常一個下午看兩部，想看的人要繳點錢分擔借拷貝和放映的費用。記得開始也是西霸兄和我一位剛進廣告界的舊識引介，後來認識的同好多了，也不管是哪方人馬辦的，只要有人來報說有甚麼好電影，知道了時間地點，便趕去補看一些原應是「必修」的影片，譬如說費里尼的《愛情神話》、小林正樹的《怪談》、黑澤明的《紅鬍子》等等。有時候，即使多年前看過的電影也會再去溫習，像是小林正樹的《切腹》。那是家用錄影帶還未進來，無法隨時挑片觀賞的時代。

我就是那時候看到《第五號屠宰場》的。聽說這部影片已經配上中文字幕，但研判觀眾可能不易接受，因而未能上映，且不久即將送往香港。

《第五號屠宰場》的卡司不熟悉，但導演喬治．羅希爾倒是頗具名氣，他在《第五號屠宰場》之前的《虎豹小霸王》和稍後的《刺激》都是娛樂十足的賣座電影。

在戰爭陰影的過去、現在和想像的時空不斷穿梭跳接的《第五號屠宰場》，看來奇特，後來讀到小說，才知道真正厲害的是原作者馮內果。

很多生命中的細節可能是未來遭遇或是作為的萌芽，只是或隱或顯，或者做時未自知，事後才明白罷了。但這件事的因果倒是很清楚的，那就是十六、七年之後在出版業工作的我出版了包括《第五號屠宰場》在內的馮內果全集。

我念的是戲劇研究所，自然有一些電影夢，不過不是當導演或是演員，是想當編劇。那時已經發表過一些小說了，夢想編了劇本，拍成電影，感覺應該不錯。

當時甚麼都只能用想的，現實是得先當兵。就在等入伍那幾個月，在學院裏教書的效鵬學長說認得一位想當導演的金主，先編個劇本比較具體好談。於是在學長的居處斗室，和西霸、國榮一起，談了幾個通霄，不知喝了多少茶，抽掉多少菸，最後寫成了一個完整的劇本。這期間還約了一位我們其中忘記是誰認得的男明星來聽聽我們編好的劇情，企圖增強電影實現的可能性。

完成了劇本，即使後續還沒譜，幾個人還滿能自我解嘲的，見了面笑鬧著說，等一下你去看電影時，我會去打行字幕「《風起的蒲公英》的編劇×××」外找，替你也替我們的電影打打知名度……

「我們的電影」終究沒能成真，我入伍當兵時還從新聞上看到那位我們「預定」的男主角墜樓死亡的消息。

退伍後，工作一時還沒著落。一位從小就認識的學弟小謝找到我，跟過幾部片子當副導的他想當導演拍電影，需要故事。我已經知道拍電影這種事常常是虛無縹緲的，但認識那麼久了，拒絕說不出口，從另一方面想，考慮太多，甚麼時候會成為一個真正的編劇呢？於是，根據學弟不那麼具體的人物，我又開始了熬夜構思。這回我只要先撰寫故事大綱就行了，但故事大綱肩負著說服老闆的重責大任，如何在兩、三千字裏讓出錢的人接受，還真煞費苦心。往往到了說好交稿的那天早上，我才上床不久呢，小謝就來按門鈴了，他要將我那一再改動的原稿拿去請人打字。不知道真正的癥結在哪裏，前後大概寫了三個故事罷，最終都沒有下文，學弟沒能圓導演夢，從此也失聯了。

寫小說無法生活，編劇折騰了個把月也白忙一場，有妻有子的我只好趕快去上班了。

銀翼殺手

高中時有個星期六上完半天課後，進戲院看了《坦克大決戰》（*Battle of the Bulge*），因為覺得意猶未盡，便決定再看一遍。換場的空檔，我從樓上的前排往下張望時，赫然發現父母親的身影，他們看起來是剛進場準備找座位。我把頭往後縮，待第二場劇終前不久，趁暗離場。一位老朋友也有類似的經驗，在台北長大的他說，有一回在新南陽戲院（位於南陽街，多年前拆了）裏看到爸爸媽媽，他才剛進場，捨不得離開，只好遠遠地躲在柱子後面看電影，避免暴露形跡。這其實是和父母親「同時在戲院裏」，卻不是「一起看電影」。

會和父母親一起進戲院看電影，對大多數人而言應該只是年幼的時候吧，很快的，不必等到你羽翼豐滿，一起看電影的伴早換成兄姊或者同學、朋友了。

小時候和父親進戲院的經驗只記得一次，小學生時代，有一天下了課在巴士站等公路局汽車回家時，突然被妹妹招呼去近在咫尺的戲院看馬上要開演的電影。父母親都在場，還有兩位妹妹，排排坐在一起看了場電影。我記得那是蘇菲亞．羅蘭和卡萊．葛倫合演的《水上人家》（*Houseboat*），電影音樂的旋律還哼得出來，但那天究竟是怎麼回事，以至於有幸看了那場電影，至今不得而知。也或者只是一次偶然，沒甚麼特別的理由。

一晃二十多年，八〇年代中期，父親剛退休，和母親到台北來小住幾天，看看我們這些子女和孫子。那時我在報社當編輯，晚上上班，有天下午便起意帶父親去看電影。很可能父親沒有意見，是我選的片子：《銀翼殺手》（*Blade Runner*）。

那是成年後唯一和父親一起看的電影。在新聲戲院的大廳等候進場時，一向不太吃零食的父親不知怎的對霜淇淋感到了興趣，我便買了給他。沉默地望著他吃著霜淇淋，有一種奇怪的心情，時光似水，隨著老去與成長，我們父子兩人似乎扮演了與過往殊異的角色。

雷利．史考特導演、哈里遜．福特主演的《銀翼殺手》，演繹二〇一九年洛杉磯一位半退職的警探被迫追殺叛逃的生化人的情節，記憶較深的是陰鬱混亂的場景裏，哈里遜．福特不停地跑動。

《銀翼殺手》原著 *Do Androids Dream of Electric Sheep?*（生化人會夢見電子羊嗎？）是美國科幻小說家菲力普．迪克一九六八年的作品，迪克在《銀翼殺手》發行前過世，生前只看過四十分鐘的特效，據說對電影表達他敘述的未來世界感到滿意。

九〇年代初，朋友偶然地送我一卷范吉利斯（Vangelis）製作的《銀翼殺手》電影原聲帶。那是一卷豐富兼混亂的卡帶，音樂夾著各種聲音裏，有一段倒是乾淨的鋼琴合著人聲，記得是個充滿感性的聲音嘆息唱出：One more kiss dear, one more sigh……。往後幾年，那卷卡帶都擺在汽車上，我一遍遍地聽，總是想起父親。無關感性的聲音，無關詞曲，只因為這電影成為我心中與父親的一個聯結。

One more sigh，再一聲嘆息。我們那一代人與父親的關係多半疏遠，甚至緊張，雖然在他晚年，我們都抱持著客氣的善意，但終未能改變甚麼。

《銀翼殺手》和菲力普．迪克另外的短篇小說集在本世紀初都有中譯本在台灣出版，短篇之一的《關鍵報告》（*The Minority Report*）也電影化了，由史蒂芬．史匹柏導演，湯姆．克魯斯主演。

蝴蝶春夢製罐巷

一九六五年發行的《蝴蝶春夢》（*The Collector*），我讀高中時就看過了，演一個沒有社交，以收集蝴蝶標本為嗜好的青年，擄了心儀的女孩關在他郊區大宅的地下室，試圖讓她能夠愛上他，最後以悲劇收場。當時只記住男女主角泰倫斯·史丹普和蘇曼莎·艾嘉。後來才知道這電影還有一個大咖：導演威廉·惠勒，以及一位未來的大咖：原著小說家約翰·符敖斯。符敖斯另一部名作是一九六九年的《法國中尉的女人》（*The French Lieutenant's Woman*），我們要很晚才知道。

The Collector 是符敖斯第一部作品，出版於一九六三年，大致在六〇年代末，台

灣就有了譯本。中譯本書名不跟從電影，叫做《鐵蒺藜外的春天》，學生書局出版。學生書局同一個時候出版的還有《愛之謎》和約翰．史坦貝克的《製罐巷》（*Cannery Row*）。記得這一系列文學譯本至少有四種，不知是否還有更多。初進大學的我對這套書這麼有印象，是因為這幾本書的內頁編排疏朗好讀，封面看得出顯然有高手設計的現代化格調，用紙也講究，有別於當時一般的文藝書籍。現在的讀者很難將這樣的印象加之於學生書局吧。

《愛之謎》是短篇小說集，不記得作者是誰，作為書名的短篇，全篇以兩個人的對話完成。我不記得另兩本小說的譯者是誰，卻記得《愛之謎》是卞銘灝譯的，那是由於余光中教授在序裏介紹了這位英年早逝的譯者。

史坦貝克的《製罐巷》在一九八二年拍成電影，我看過錄影帶，忘記它譯成甚麼片名了。由尼克．諾特飾演那位「全身濕透無妨，但只要頭上滴了一滴水就手足無措」的海洋生物學家，完全不是我從小說裏想像的那個樣子。

一九八七年初夏，我參加了台灣出版界的書展團到舊金山。會後，與簡志忠先生一起受曹又方女士和她姊姊以及甥女的招呼與導覽，到沙林納斯作一日遊。我們在史坦貝克誕生的舊居參觀並午餐，也參觀了史坦貝克紀念圖書館，至於《製罐巷》背景地的蒙特利，僅只經過。回程車上，談了一會史坦貝克的作品，那時我讀過的只有《人鼠之間》和《製罐巷》加上一些改編的電影，包括約翰．福特導演、亨利．方達主演的《怒火之花》（*The Grapes of Wrath*，《憤怒的葡萄》）和伊力．卡山導演、詹姆斯．迪恩的《天倫夢覺》（*East of Eden*，《伊甸園東》）。

曹又方對史坦貝克的小說和改編的電影都十分嫺熟，聽她娓娓道來，頗具興味，有這樣的導遊，那天真的是道地的史坦貝克之旅。

蓬門碧玉紅顏淚

小村日和

一九九〇年代初的一個夏末，一群朋友去了海濱幾回，每回都是兩天一夜，晚餐過後，除了聊天，總會玩起各種猜謎的遊戲。朋友多是愛好電影的，自然就發展出「猜電影」的遊戲來，後來即使不去海濱了，偶爾興起還會在小酒館裏見面時玩一下。

遊戲很簡單，就是設定好一部影片，先透露一點線索，若對方猜不出來，再慢慢增加線索。玩了幾次以後，想來每個人都有一兩個得意的題目，我自己最喜歡以這樣的線索開始：「柯波拉，勞勃・瑞福」。「不可能，勞勃・瑞福從未演出柯波拉的電影。」一位電影評論家馬上回應。「別急，」我說，然後一個個名字慢慢加上去，查理斯・布朗遜，薛尼・波拉克，娜妲麗・華，最後再加上田納西・威廉斯。

這其實是常見的「當大明星還不紅」的電影，當時勞勃・瑞福出道未久，查理斯・布朗遜也尚未走紅，比較特別的是大導演柯波拉當時只有二十多歲，擔任編劇之一，猜的人容易被誤導。

答案是《蓬門碧玉紅顏淚》，從田納西・威廉斯的獨幕劇〈此屋不堪使用〉（*This Property is Condemned*）改編的同名電影。美國戲劇大師威廉斯許多作品都被改編成電影，譬如《慾望街車》（*A Streetcar named Desire*）、《朱門巧婦》（*Cat on a Hot Tin Roof*）、《夏日癡魂》（*Suddenly, Last Summer*）、《巫山風雨夜》（*The Night of the Iguana*）等多部。

這部電影也沒那麼冷僻，有印象的人還是有的，只是他們不知道這部電影在台灣取甚麼片名。當知道答案之後，都不禁會笑出聲來。這沒甚麼，前述的威廉斯劇本改編的電影，除了《慾望街車》，哪部片名不是我們這裡發行商的傑作？威廉斯另一齣作品 *Sweet Bird of Youth* 的電影叫做《春濃滿樓情癡狂》呢，有些人聽到恐怕會抓狂吧。

《蓬門碧玉紅顏淚》是我於一九六七年高中畢業來台北補習時在東南亞戲院看的，片名還算切合劇情，它敘述一位小鎮漂亮女子（娜妲麗．華）追求愛情的悲劇。搭火車來到小鎮的男主角勞勃．瑞福的工作很特別，他是鐵路公司因為關閉某些車站和單位而派來解雇員工的，這樣的身分自然引起敵意的眼光和拳頭。電影和現實生活裏殊少見到的角色到了新世紀就演化成《型男飛行日誌》（*Up in the Air*）裏的喬治．克隆尼了，他受雇搭飛機一個城市一個城市地去開除人們。

《蓬門碧玉紅顏淚》原作劇本〈此屋不堪使用〉台灣曾經有過中譯本，它收在一九七二年新風出版社發行的《現代獨幕劇選》裏，譯者是許國衡。這本獨幕劇選很精采，除了〈此屋不堪使用〉以外，還包含了森恩〈下海的騎士〉、奧尼爾〈瓊斯皇帝〉、薩洛揚〈心在高原的人〉以及阿瑟．米勒的〈兩個禮拜一的回憶〉，一共五齣現代名家劇本。

譯者在後記說，三篇是一九五九／一九六〇年間發表在《筆匯》雜誌，後兩篇則是在十一年後出版前譯成，大致也輝映書前題「贈天驄永善及筆匯的朋友們」的意思。

《現代獨幕劇選》和同一系列書都以當時稱為半精裝的硬紙板封面加塑膠套而成，算是精美。我在出版三年後買到這本選集，很是喜歡。

近三十年後的世紀初，動念出版森恩的報導文學《艾蘭島》的時候，與鄭樹森教授提到《現代獨幕劇選》，鄭教授說他認識許國衡，於是促成了許教授對《艾蘭島》的翻譯，也見到了返台旅次的許教授，《現代獨幕劇選》因而有著遲來的譯者簽名。

奇異恩典

參加追思禮拜時常有機會聽到〈奇異恩典〉（Amazing Grace）。有一年在很短的時間裏參加了兩場追思禮拜都聽到這首歌。

先是我過去工作時一位上司的追思禮拜。上司夫人很早就信了主，且十分虔誠，十多年來持續努力，終使先生在過世前幾個月成為基督的子民。

追思禮拜除了追思，還有證道，以及誦經節和唱聖歌。我們手裏都有中譯歌詞和簡譜，其中〈奇異恩典〉唱了最多次。

隔一個星期的追思禮拜是朋友享年八十九歲母親的，程序單上寫的是「音樂追思禮拜」，因此音樂的比例甚高，唱了很多歌，比較特別的是〈奇異恩典〉組曲，它是用薩克斯風吹奏的。

追思會以外，有一次在白色恐怖受難者涂炳榔特展記者會上，聽到音樂家盧怡婷用法國號演奏這首曲子。盧怡婷後面是涂炳榔畫作佛陀低眉像，來自兩種不同宗教的音與像，在現場卻毫無違和感。

蘇格蘭民謠〈奇異恩典〉，流傳已有三百年，我們現在流行的歌詞主要是約翰．紐頓所填的，證道的牧師說約翰．紐頓原是運載奴隸船的船長，幡然改誤後成為布道師。〈奇異恩典〉調子和歌詞，每每令人動容，許多電影電視都會用它作為主題曲或背景音樂。

我經驗中最深刻的印象是八〇年代初期的傳記電影《絲克伍事件》（*Silkwood*），這部麥克．尼可斯導演，梅莉．史翠普、寇特．羅素、雪兒主演的電影，全程用〈奇異恩典〉當背景音樂（還當音效使用），當然，緩慢和哀傷的調子也暗示了反核英雄絲克伍悲劇的結局。那時候曾經買了電影原聲卡帶，在我的第一部汽車（是一部九手車）裏不知道聽了多少遍（嗯，哀傷的音樂不曉得會不會使車速減低啊）。前些年日本電視連續劇《白色巨塔》（山崎豐子同名小說改編），用了紐西蘭女歌手海莉・薇思特拉唱的〈奇異恩典〉當片尾曲。最近在親友家看我年輕時很喜歡的美國西部歌手格連・坎貝爾近年一個演唱會的實況ＤＶＤ，最後一首的〈奇異恩典〉，坎貝爾不但唱，也用蘇格蘭風笛吹奏，樂音悠揚。

最後要一提的是《美國黑幫》（*American Gangster*，二〇〇七），當飾演警探的羅素・克洛終於蒐齊證據，在教堂門口逮捕丹佐・華盛頓飾演的海洛因毒梟時，〈奇異恩典〉正襯著巍峨的教堂大力放送呢。沒錯，你會聯想到《教父》裏臨結尾時的經典場面。新一代教父麥可在教堂裏參加妹妹的新生兒的受洗禮，在聖樂大奏中，教父的人馬兵分多路，展開血腥的屠戮。不同的只是《教父》的這場殺戮戲裏沒有〈奇異恩典〉罷了。

咖啡館的庫布力克迷

幾年前，我幾乎固定每星期的某一個晚上到一家咖啡館消磨兩個小時。這家咖啡館坐落在舊式公寓的一、二樓邊間，不過度裝潢，屋頂沒有壓迫感，桌椅擺設具舊時風味，音樂不是我熟悉的，但不吵，估計是我們這種年紀的人會喜歡。我錯了，幾次以後，發覺到多數的客人都很年輕，像我這輩的客人，只看過幾回。

咖啡館的二樓有個櫃子，上面放有一排書架，分成三區，各貼了小小的名條。很快的，我發現了它的特色，三位店員／老闆各有各的喜好，其中兩位小姐一個是村上春樹迷，一個是向田邦子迷。一排向田邦子作品旁邊還有太宰治的《斜陽》（我就是在那兒分兩次讀完的），與我談過幾次話的男老闆／店員告訴我本來還有太宰治的《人間失格》，但被「拿」走了。

這位男老闆自己的喜好比較偏科幻，屬於他的那塊書架有一些日本的科幻小說，作者是我陌生的。他和我說不久前才看了史坦利．庫布力克《二〇〇一年太空漫遊》（*2001: Space Odyssey*）的原作小說（亞瑟．克拉克著），後來我們便小小交談了庫布力克的幾部作品，還有小說家菲力普．迪克的作品改編的電影。男老闆很年輕，三十幾歲的樣子，對上一代的經典滿熟悉的。他告訴我他剛買了藍光的庫布力克專輯一，《二〇〇一年太空漫遊》而外，還有《發條橘子》（*A Clockwork Orange*）、《鬼店》（*Shining*）、《金甲部隊》（*Full Metel Jacket*），以及我未曾看過的《大開色戒》（*Eyes Wide Shut*）。他喜歡庫布力克的電影，從錄影帶、ＤＶＤ，收集到藍光。

我和最早帶我去這家咖啡館的朋友阿如談起這件事，小我一兩個世代的阿如在美術館當志工導覽員，結識的年輕人也多。阿如說：「很多年輕人對喜歡的藝術啊，物品甚麼的，只要是與它相關的，他們無不瞭若指掌呢。」是啊，我也想起了過去兩位年輕同事追隨著 X Japan 的足跡，在網路相互討論的往事。而今點開網路部落，各路達人所在多有，往往令人嘆服啊。

一年多前，這家咖啡館的例休日改成我向來固定出門到市內的日子，撲了空之後便去得少了，但還是會找其他的機會去。我暗稱為向田和村上的兩位店員已不在店裏，所幸庫布力克還在，他煮的咖啡還是一樣好喝。

後記

寶可夢熱潮披靡的熱天近午，我到台北市重慶南路一帶辦幾件事。

在中山堂地下停車場停好車走上來，看到小小的咖啡館「上上」還在那裏。三十幾年前，我們經營麥田唱片行一陣子，要增加咖啡館的時候，因為面積小，聽說台南有幾家很小的咖啡店，值得借鏡，詹宏志、王宣一伉儷便約了我一起去。我只是股東，並不負責經營，但能跑到台南蹓躂一番，還是高興上路了。我忘了台南有沒有取到甚麼經，但後來有內行的朋友說，中山堂前面就有小咖啡館可以觀摩，說的就是上上。

既然來到城中區，就順帶去換一張不知怎麼來的舊鈔吧，走進台灣銀行，寬敞的營業廳高高的天花板，這樣的氣派好久不見了。當我還是研究生時，曾經多次從這裏穿過內廳，到內院另棟搭電梯到樓上找指導老師姚一葦教授，而今姚先生已作古多年，台銀的大廳依舊是當年的模樣，當年的氣氛。

我轉了幾家書店和文具店，才買到此行最主要目標的派克鋼筆藍色墨水匣。轉進武昌街，右手邊明星咖啡館在焉，畢業入伍前的半年時光，我常窩在裏面寫小說，記得那時樓上的咖啡價格普羅，廊下的夢蝶書攤日常。前幾周曾因約進入，一代傳奇的周公已然遠去，已經是文化景點的咖啡價格卻已不菲。

這一天，我進入明星咖啡對面的巷子，到添財吃一客天丼（炸蝦飯）。這家是以前的同事陳栩椿介紹的，也是三十年前的事了。小說家鄭清文先生未退休前，我曾在十幾年間幾次到他服務的銀行找他，鄭先生多半會請我在添財午餐。前些年，每周兩次還在附近女子高中打球的時候，我和好友羅位育常約在重慶南路這一帶先吃晚飯，再去打球，我們多半吃點簡單的麵，但拗不過我的建議（其實他每次都說好），隔三差五也會去添財晚餐。

才在這裏幾個小時，就那麼多記憶當頭湧來。啊，原來記憶的慰藉與折磨就是我的寶可夢啊。尤有甚者，我不必出門也還是可以抓寶（最好是寶啦），要不然夜裏失眠，潮水般一波波來來回回的是甚麼？

原來較傾向小說寫作的我，近年來，因緣際會，寫了許多篇散文。這本結集的《小村日和》絕大部分重新截取和省視我記憶裏的種種過往。共鳴有時候是類似的經驗或情感的傳達，我不會說它是老少咸宜的，但衷心期盼同代或新一代的讀者都會有人喜歡它。

最後，容我在這裏向促成這五十篇散文的李金蓮、黃哲斌、周月英、蔡素芬、孫梓評、簡白、葉佳怡等女士先生致上誠摯的謝意。同時也謝謝九歌出版社蔡澤玉和張晶惠兩位小姐的耐心與費心。

九歌文庫 1232

小村日和

作者	陳雨航
責任編輯	張晶惠
創辦人	蔡文甫
發行人	蔡澤玉
出版發行	九歌出版社有限公司 臺北市105八德路3段12巷57弄40號 電話／02-25776564・傳真／02-25789205 郵政劃撥／0112295-1
九歌文學網	www.chiuko.com.tw
印刷	晨捷印製股份有限公司
法律顧問	龍躍天律師・蕭雄淋律師・董安丹律師
初版	2016年9月
初版 2 印	2018年2月
定價	**260元**

書號	F1232
ISBN	978-986-450-084-0

（缺頁、破損或裝訂錯誤，請寄回本公司更換）

國家圖書館出版品預行編目資料

小村日和 / 陳雨航著. -- 初版.-- 臺北市：
九歌, 2016.09
面；14.8×21公分. --（九歌文庫；1232）

ISBN 978-986-450-084-0（平裝）

855　　105014547